Für meine Kinder

Sara, Carlos und Carmen

Gabriele Schreib

Milchsuppe
mit Schwarzbrot

Herstellung und Verlag: Books on Demand GmbH, Norderstedt.
2. Auflage
Printed in Germany 2008
ISBN 978-3-8370-1702-1

Der Bunker,
der in die Luft flog

***

Als der Bunker in die Luft flog, war ich vier Jahre alt.

Der Bunker war an der Jungmannstraße in Kiel, fast neben der Holtenauer Straße. Der Weg dahin war für meine Großmutter und mich nicht weit, wir wohnten in der Körnerstraße, direkt am Schrevenpark.

Die Körnerstraße war heil geblieben im Krieg. Der Park, in dem wir oft spazieren gingen, war schön, es gab dort ganz viele Gänse, vor denen ich großen Respekt hatte, da sie mich einmal in den Finger gezwickt hatten, als ich sie mit den Brotresten der letzten Woche füttern wollte.

Ich wusste nicht, was das Wort „Krieg" bedeutete, das ich so oft von meinen drei Frauen hörte. Die Frauen, meine Mutter Irmgard, meine Großmutter Luise und meine Tante Erna, waren alle aus „Ostpreußen" gekommen, ein Wort, dass ich fast ebenso häufig hörte wie „Krieg". Ein Land, das ich erst fast fünfzig Jahre später kennen lernen sollte. Auch eine Folge vom „Krieg".

Aber das lernte ich erst im Gymnasium in der Unterprima, und auch da nur ganz kurz.

Die Männer der beiden, Opa Wilhelm und Onkel Otto, waren im Krieg gestorben, „gefallen", wie sie sagten.

Das Wort kam mir sehr komisch vor und ich dachte an den Schorf auf meinen Knien, wenn ich mal gefallen war. So schlimm war das doch gar nicht und es verheilte in wenigen Tagen.

Wir gingen den Knooper Weg entlang, meine Großmutter hatte mich fest an der Hand, damit ich nicht herumkaspern konnte, und wir gingen das kurze Stück durch die Mittelstraße, bis hin zum unteren Ende der Holtenauer Straße.

Hier waren 1954 schon neue Häuser gebaut, die Kaufläden und Wohnhäuser der „Klagemauer" machten schon ein Bild davon, wie die zerstörte Stadt später aussehen würde. Gelblichweiße Wohnblocks mit einer Ladenzeile unten, so wie man es eben schön fand in den frühen 50er Jahren.

Ganz viele Geschäfte gab es da, die zeigten, was wir uns alles schon wieder leisten konnten.

Viel war das bei uns nicht, denn meine Mutter verdiente noch nichts.

6

Sie studierte an der Pädagogischen Hochschule, PH, wie sie immer sagte, und wollte Lehrerin werden. Meiner Großmutter war die Rente vom verschollenen Großvater noch nicht genehmigt und meine Tante war die Einzige, die unsere kleine Familie ernährte, durch ihre Mitarbeit im Kirchenamt in der Körnerstraße. Genau gegenüber von unserem Haus.

So gab es abends meistens Milchsuppe mit Schwarzbrot, eingebrockt in kleinen Stückchen, die ich leidenschaftlich gerne aß. Meistens löffelte ich sie ganz zu Anfang aus der Suppe, solange sie noch hart waren, und hatte dann kein Brot mehr gegen Ende.

Es störte mich nie, dass es jeden Abend das Gleiche gab. Schließlich kannte ich es nicht anders.

Wir waren an der „Klagemauer" angekommen. Noch heute weiß keiner genau, warum die so heißt. Einige meinen, wegen der vielen Zettel, die in den ersten Jahren nach Kriegsende dort an Bretterwänden hingen und mit denen nach vermissten Menschen gesucht wurde. Dort klagten, so hieß es, die Frauen um ihre Kinder, Männer und anderen Verwandten.

Andere konnten schon wieder spotten - fast zehn Jahre nach dem Krieg - und sie sagten, das komme davon, dass die neuen Kaufleute immer klagen würden, die Menschen kauften nicht genug und die Mieten seien so hoch.

Wir stellten uns in einen zugigen Durchgang ganz am unteren Ende der „Klagemauer".

Gegenüber stand ein - für mich als Vierjährige - riesiger Bunker, direkt an der Jungmannstraße. Ganz viele Menschen drängten sich um uns herum, ich verstand nicht recht, was da vor sich ging. Dann wurden alle ganz still.

„Sieh rüber", sagte meine Großmutter, die mit Worten immer recht sparsam war und deutete auf den Bunker. Sie hatte mich so weit nach vorne geschoben, dass ich gut sehen konnte. Mit einem Ohren betäubenden Krachen wurde der Bunker gesprengt, er „flog in die Luft", sagte ich später, um das für mich sehr bedrohliche Bild zu relativieren und etwas Lustiges danebenzusetzen.

Doch tief in mir blieb das Bild in meiner Seele. Meine Großmutter hatte mir damit ein bleibendes Foto mitgegeben und mir gezeigt, was „Krieg" bedeutete: Zerstörung.

Mir wurde schlagartig klar, dass die ganze Stadt zerstört war.

Gegenüber von der Klagemauer gab es keine Häuser mehr, bis weit hinauf zur Lornsenstraße stand da nichts mehr, kein einziges Haus. Es gab nur Schutt und Asche.

Die Stadt war grau und zerstört, das sah ich jetzt zum ersten Mal. Der Bunker mit seinen meterdicken Wänden war auch zerstört - und das war gut so - war er doch noch immer ein Symbol der Kriegszeit. Eine dicke Staubwolke lag über der Straße, ich musste unentwegt husten.

Als der Staub sich verzogen hatte, kam Bewegung in die Menge, die Menschen strömten wieder nach Hause.

Über 40 Jahre später sah ich Filmaufnahmen von der Bunkersprengung auf einer Ausstellung im Warleberger Hof.

Es war genau so, wie ich es in Erinnerung hatte: gewaltig, beängstigend und bedrückend. Noch heute gibt es Bunker in Kiel, in die ich nicht hineingehen mag, den Flandernbunker am Hindenburgufer, den Bunker an der Fachhochschule, den Bunker am Gaardener Ring, den Bunker unter dem Rathaus, den Bunker an der Räucherei: bunt bemalt gegen die Tristesse. Sie symbolisieren das, wovor ich Angst habe: Angst, dass die Zeit des Krieges irgendwann einmal wieder kommen könnte.

Schon mit einem Jahr hatte ich in Schleswig immer unter dem Tisch gesessen. Ich hatte die Gespräche der Frauen gehört und die Worte nicht verstanden. Immer wieder „Krieg".

Ich fand ein Symbol für meine Angst: wenn Stromausfall war, dann brannte auf dem Tisch eine Kerze. Die warf den schwarzen Schatten der runden Lampe über dem Tisch nach oben vergrößert an die weiße Decke. Ich schrie wie am Spieß, weil ich Angst davor hatte, in der Decke könnte ein Loch sein. Ein schwarzes Loch, das alles verschlingt, obwohl ich über schwarze Löcher erst 40 Jahre später etwas lernte.

Ich erinnere mich genau an meine Gedanken und das Loch, obwohl meine Mutter natürlich wieder behauptet, das könne alles gar nicht sein. Man könne sich nicht an Geschichten erinnern, in denen man erst ein Jahr alt war.

Ich konnte und ich wusste, dass ich es konnte. Unter dem Tisch war ich sicher. Und Stromausfall gab es in Schleswig 1950 sehr oft.

***

Das Leben mit meiner Großmutter war ruhig und beschaulich. Wir hatten zwei Zimmer in unserer Wohnung, im Stockwerk darunter hatte meine Tante ein Zimmer gemietet. Das hintere Zimmer unserer Wohnung hatte meine Mutter bekommen, die oft noch bis in die Nacht für ihr Studium arbeitete und später auch ihre Examensarbeit dort schrieb. Sie hatte ein schönes Zimmer mit Balkon und Nachmittagssonne, ich war gerne dort, wenn ich durfte.

Meine Großmutter und ich schliefen im vorderen Zimmer mit Kachelofen, Esstisch, vier Stühlen und Blick auf die Körnerstraße sowie auf das Kirchenamt.

Mit vier Jahren schlief ich noch im Gitterbett links an der Wand, meine Großmutter hatte ihr Bett an der rechten Wand. Sie war sehr massig und in der Nacht, wenn ich wach wurde, sah ich ihren gewaltigen Körper ruhig da liegen und ich fand das sehr bedrohlich. Manchmal horchte ich, ob sie noch atmete. Manchmal schnarchte sie auch laut und ich wurde wach, mitten in der Nacht.

Im Winter wurden Bratäpfel im Ofen gebraten, der Duft durchzog die ganze Wohnung. Das war sehr schön und gab mir ein ganz warmes Gefühl. Aber morgens war es kalt und die Eisblumen bemalten die Fenster.

Als Erstes wurde morgens der Ofen eingeheizt, manchmal blieb ich im Bett und zitterte, bis die Wärme wohlig durch das kleine Zimmer zog. Oft malte ich aber auch, schon warm angezogen, mit dem Finger auf den Scheiben, bis der Ofen endlich warm war. Meistens kochte meine Großmutter uns dann erst einmal einen „Lindes"-Kaffee aus der blauweiß gepunkteten Packung und wir tranken unseren „Muckefuck". Dann holte sie die Briketts für den Rest des Tages aus dem Keller, in einem weißen Emaille-Eimer.

Den Kohlenkeller fürchtete ich, er war schwarz an den gekalkten, ehemals weißen Wänden und die Briketts lagen bis fast zu den kleinen Fenstern hoch auf einem riesigen Haufen durcheinander. Ich begleitete sie selten dorthin.

Über meinem Bett hing ein Druck von Oskar Kokoschkas Bild „Amsterdam", das Schiff, der Fluss und die vielen holländischen Häu-

9

ser, das mochte ich sehr und ich studierte es täglich.

Bücher hatten wir nicht viele, für mich gab es nur ein paar Bilder-bücher und eine kleine Puppenecke mit kleinen Stühlen und einem Tischchen, unser Wohnzimmer in klein.

Gerne blätterte ich in einem kleinen Band mit Bildern von Ludwig Richter. Lauter glückliche Mütter mit fröhlichen Kleinkindern in der Natur.

Und es hat die Margarine-Bilder gegeben. Meine Großmutter kaufte widerwillig die Margarine, da es in Ostpreußen üblich war, nur mit „guter Butter" zu kochen und zu backen.

Bald waren es so viele Margarinebilder, dass wir anfingen, sie in die Voss-Margarine-Bilderbücher zu kleben.

Fortan saß ich im Zimmer nur noch vor den Bilderbüchern. Die Schneeeule fand ich ganz besonders schön, aber auch den Fuchs, den Hamster, alles prägte sich bei mir auf Dauer ein.

Es gab ja auch keine weitere Abwechslung. Wir hatten ein altes Radio, in dem ab und zu Musik lief, aber die störte mich nicht in meinen Gedanken, es berührte mich aber auch nicht besonders, meistens war es Klassik.

Dafür hatte ich ein anderes Faible: Ich liebte es, Schuhe zu putzen. Das durfte ich schon machen, eine der wenigen Aufgaben, die ich übernehmen durfte. Das war wohl nicht gefährlich. Ich tauchte die kleine Bürste ein in die Creme. Die Bürste machte viele feine kleine Striche durch die Schuhcreme. Es gab schwarz und braun, mehr brauchten wir nicht.

Meine Großmutter hatte mir erklärt, wie wichtig es sei, die Schuhe sehr gründlich zu putzen, bis in die letzte Ritze. Damit sie länger halten. Hinterher durfte ich die Schuhe mit einer anderen Bürste bearbeiten und danach noch mit einem weichen Staubtuch auf Hochglanz polieren.

Die Höhepunkte der Woche mit meiner Großmutter waren die Tage, an denen die Wäsche gewaschen wurde. Sie wurde auf dem Dachboden aufgehängt, dahin führte eine steile Bodentreppe. Dorthin ging ich gerne mit.

Oft saß ich am oberen Ende der Treppe und sah durch das obere Treppengeländer in den tief unter mir liegenden Hausflur hinab. Wieder kam die Angst hoch, die Angst, ich könnte diese steile Treppe hinunterfallen und tief unten im Hausflur landen. Trotzdem war er spannend, der Wäschetag, es gab ja sonst keine großen Ereignisse. Ebenso spannend war es, wenn im Sommer die Wäsche im Hinterhof aufgehängt wurde. Dann saß ich unter dem untersten Balkon und spielte ganz alleine mit den Steinen. Manche waren weiß und man konnte mit ihnen auf dem Pflaster malen.

Kinder gab es nicht in diesem Haus. Einmal habe ich mir eine Hängematte gebaut mit einer Wolldecke zwischen zwei Holzständern. Hinter dem Hofgelände waren viele Obstbäume und ein kleiner Garten. Dahin durfte ich nie.

Manchmal wurden auch die Teppiche geklopft, auf der Stange im Hof. Meine Großmutter schwang den Teppichklopfer, als ginge es um ihr Leben. Einmal ausprobieren durfte ich es aber immer, ich klopfte ein wenig, wurde aber für zu klein gehalten, um wirklich auch solche Staubwolken aus dem Teppich zu treiben, wie meine stattliche Großmutter sie herausklopfte.

Wenn der Arbeitstag meiner Großmutter um war, kam sie zum Höhepunkt ihres Tages – der Körperwäsche.

Zum Waschen hatten wir einen kleinen quadratischen Holzhocker mit einem Klappdeckel, unter dem eine weiße, viereckige Emaille-Schüssel mit einer Einbuchtung für die Seife versteckt war. Die Schüssel konnte man herausnehmen. Dort bekam ich morgens und abends warmes Wasser hinein, um mich zu waschen. Zwei Handtücher gab es dafür, eines für „oben" und eines für „unten".

Ich musste dann die Unterhose hinunterziehen bis etwa an die Knie. Während des Waschens der Scheide wurde das Handtuch für „unten" quer über die Unterhose gelegt, damit der Fußboden nicht nass wurde. Noch heute rieche ich diesen speziellen Geruch nach Seife und Scheide, wenn ich mich darauf konzentriere. War ich fertig mit der Prozedur, wusch ich mit klarem Wasser nach und trocknete dann die Scheide und den Unterleib ab.

Meiner Großmutter sah ich nie zu beim Waschen, sicher hat sie das gemacht, wenn ich schon schlief. Aber ich sah sie abends mit der Waschschüssel auf dem Fußboden. Meist, wenn es später Nachmittag wurde, tat sie warmes, fast zu heißes Wasser hinein. Dazu kam ein bisschen Saltrat, gelbgrünliches Pulver, das sie im Wasser auflöste.

Sie tat das für das Wohlbefinden ihrer Füße, die den ganzen Tag über kaum eine Pause gehabt hatten. Und immer stöhnte sie dann über ihre Hühneraugen.

Vorsichtig beäugte ich die geschundenen Füße, um zu sehen, was Hühneraugen denn überhaupt sind. Und sie zeigte sie mir, dicke Schwielen an den stämmigen Füßen.

Manchmal durfte ich auch selbst vor ihr ein wenig meine Füße in das schöne Bad stecken.

Großmutter war 1888 geboren und hatte zwei Weltkriege mitgemacht. Im Ersten floh sie aus Ostpreußen, mit meiner Tante im Kinderwagen, von Königsberg bis nach Berlin und dann irgendwann zu Fuß wieder zurück. Und im Zweiten Weltkrieg wieder nach Westen, wieder einen großen Teil der Strecke zu Fuß. Diese Füße hatten etwas mitgemacht in einem langen Leben. Als ich vier war, wurde sie 65.

An der Ecke gab es einen Milchmann, auch ein interessanter Punkt in meinem so ruhigen Leben. Wir gingen dort immer einkaufen. Viel war es nicht: Milch, Eier, Butter, Sahne, Kartoffeln.

Einmal kochte meine Großmutter schon, aber sie hatte die Sahne vergessen. Zum ersten Mal durfte ich, die ich sonst nie alleine auf die Straße gehen durfte, selber zum Milchmann gehen. „Hol' mal einen viertel Liter Schmand", sagte meine Großmutter und ich bekam ein paar Groschen mit.

Beim Milchmann sagte ich: "Ich hätte gerne Schmand!"

Der verstand mich aber wohl nicht richtig, gab mir etwas und schickte mich wieder nach Hause.

„Na, das ist aber keine Sahne!", meinte meine Großmutter kopf-schüttelnd, schickte mich wieder runter und verstand gar nicht, wie peinlich mir das nun war, das ich scheinbar nicht richtig deutsch reden konnte.

Zu Hause sprach meine Großmutter immer ostpreußisch mit mir. Zweisprachig erzogen war ich sozusagen. Ein richtiges „Marjellchen" eben.

Natürlich hatte meine Großmutter immer Angst um mich, deswegen durfte ich auch rein gar nichts. Auch eine Folge von "Krieg" und „Flucht". Andere Kinder durften schon wieder viel mehr als ich, ich sah sie immer auf der Straße spielen. Viele Autos kamen dort nicht vorbei, es ist auch noch heute eher eine ruhige Seitenstraße.

Ich war fünf Jahre alt, als bei uns die Straße aufgerissen wurde und ich das erste Mal alleine unten spielen durfte. Die Pflastersteine waren alle weg, stattdessen gab es eine riesige „Sandkiste" mit dem frischen, hellen Sand.

Die schönsten Tage meines jungen Lebens waren das. Allerdings stand ich in dicker Jacke und langer Hose zwischen all den anderen Kindern in Söckchen und Kniestrümpfen. Ich hätte mich ja sonst erkälten können – nach Meinung meiner Großmutter.

Es gibt noch ein Foto davon. Wenn ich es sehe, glaube ich es nicht. Lange Strümpfe waren bei mir immer ein Muss. Dazu gab es ein „Leibchen", eine Art Hüftgürtel aus Baumwolle, an dem die langen dunkelbraunen Strümpfe mit kleinen Schnallen festgemacht wurden.

Dreimal im Jahr kam der Jahrmarkt auf den Wilhelmplatz. Meiner 25-jährigen Mutter fiel es einmal ein, mit mir ins Riesenrad zu gehen. Als wir oben waren, fing ich an zu schreien und wollte nur noch raus: die ungewohnte Höhe machte mir entsetzliche Angst. Ich hatte mit dem Rücken zur Außenseite gesessen und fuhr rückwärts nach unten. Genau erinnere ich mich an den Gedanken, der mich in dem Moment beherrschte. Ich hatte unglaubliche Angst gehabt, die Gondel könnte unter mir wegfahren, ich in der Luft stehen bleiben und schließlich abstürzen.

Meine Mutter hatte viel Mühe mich zu bändigen. Obwohl ich dünn und „spillerig" war, wie die Großmutter sagte, war ich mit meinen vier Jahren schon recht kräftig.

Für etwa 40 Jahre bin ich danach nicht mehr in so ein Riesenrad gestiegen. Dafür fuhr ich lieber im Karussell, auf dem Feuerwehrauto oder auf den glitzernden Holzpferdchen. Da fühlte ich mich wieder sicher und auf festem Boden. Obwohl das Karussell sich schnell drehte. Mir war dann immer etwas schwindelig, ein Gefühl, das ich sehr gerne mochte. Auch ins Kettenkarussell mit seinen weit fliegenden kleinen Metallsitzen ging ich gerne. Sehr mutig fand ich mich schon, wenn ich ein wenig schaukelte, sodass mein Sitz mit dem nächsten Sitz zusammenstieß.

Manche Kinder machten wilde Spiele und zogen sich an den Händen und stießen sich wieder weg, sodass die Sitze sehr weit nach außen flogen. So mutig war ich nie, dass ich das gewagt hätte. Und selbst wenn, ich kannte niemanden, der das mit mir gemacht hätte, so ein wildes Spiel.

Von den braven Fahrten im Feuerwehrauto dagegen gibt es ein paar Fotos - auf allen lache ich fröhlich. So wie man mich haben wollte. Meine dunklen Schattenträume behielt ich schon da lieber für mich.

***

Früh weckte mich meine Großmutter: „Der Zirkus kommt!"

„Was ist das?"

„Na Tiere, ganz viele."

Da gab es noch den Güterbahnhof Kiel-West, von dem aus die Tiere nach der langen Fahrt im Güterzug fröhlich den Weg durch die Straßen gingen. Alle kamen die Weißenburgstraße hinunter direkt auf den Wilhelmplatz zu: Elefanten, Pferde, Esel und ein paar Bären. Wir standen am Rande des Platzes zusammen mit vielen anderen Menschen und beobachteten das faszinierende Schauspiel.

Einen Tag später gingen wir wieder dort hin, nun war ein riesiges Zelt aufgebaut. Ich ging zum ersten Mal in den Zirkus und ich war außer mir vor Freude. Dass es so etwas Schönes überhaupt gab! Das Scheinwerferlicht, die Schau der Tiere, die Pferdenummer, die Clowns, ich lachte laut, so etwas hatte ich noch nie gesehen. So schön konnte Leben also sein. Eine bunte, laute, lachende Welt ohne „Krieg" und „Flucht" und auch ohne „Ostpreußen". Nicht so ernst und traurig wie meine drei Frauen. Alle ohne Mann und mit vielen dunklen Erinnerungen, aber auch mit der verklärten Vergangenheit, die besonders meine Tante täglich hervorholte. Wie schön es war in „Ostpreußen" und was für ein schönes Leben sie dort geführt hatten. Wie herrlich es war, beim Schlittschuhlaufen zur Musik der Kapelle, auf der Pissa, dem Fluss durch Gumbinnen. Wie sie mit ihren Kavalieren dort auf dem Eis ihre Runden gedreht hatte, immer zu zweit untergehakt und mit leichten Tanzschritten übers Eis.

Meine Mutter, 15 Jahre jünger als die Tante, erzählte weniger. Sie war erst 17, als sie dort flüchten mussten. Sie hatte das Kapitel abgeschlossen und hier ein neues Leben begonnen. „Was interessiert mich die Vergangenheit, ich lebe heute!", ist ihr Lieblingsspruch noch immer.

Dass der Vater ihrer Tochter sie zwar wegen der Schwangerschaft geheiratet hatte, aber bald darauf wieder um die Scheidung gebeten hatte, schmerzte sie und mich. Aber darüber wurde wie über so vieles auch nicht geredet. Es gab wie in jeder Familie Tabuthemen und das war so eines.

Meinen Vater lernte ich dann auch erst mit vier Jahren kennen. Er kam eines Tages mit seiner Freundin aus Wiesbaden zu uns in die Körnerstraße. Ein Hauch von „Große Welt" streifte plötzlich die kleine Wohnung.

Ich erinnere mich noch daran, dass ich während seines Besuches oft, wie früher schon gern, unter dem Esstisch gesessen habe. Am Tisch saßen Mutter, Vater und dessen Freundin. Ich sah von ihnen nur die Schuhe. Die drei Paar Schuhe rochen nach Leder und ich dachte an den kleinen Tiegel mit der Schuhcreme, Erdal, mit dem Frosch und der Krone.

***

Nach der Flucht aus Ostpreußen waren meine drei Frauen erst in Schleswig angekommen, in Busdorf untergekommen in einem Haus, in dem unten eine Gastwirtschaft war. Da hatten sie oben eine kleine Mansarde zu dritt. Ohne Heizung. Aufwärmen konnten sie sich unten in der Gaststube. Bis ich kam, dann waren wir zu viert.

Meine Mutter hatte den Mann mit der Gitarre kennen gelernt, Werner. Der sang so schöne Lieder von Brecht und Kurt Weill und malte auch schöne Bilder. Er stammte aus Berlin und nach dem Krieg hatten ihm alle geraten, nicht wieder dorthin zurückzugehen. Obwohl ihm ein Haus gehörte in der Nähe von Köpenick. Aber das war der Osten. „Geh rüber!", hatte man ihm gesagt. Ein Glück, sonst gäbe es mich nicht. Auch wieder eine Folge vom „Krieg".

Meine Mutter ging noch zur Schule, als sie schwanger wurde. Übrigens, am 28. Februar 1985, 36 Jahre später, wurde meine erste Tochter genau an diesem Tag geboren. Meine Mutter hatte Tagebuch geführt und schrieb über den Tag: "Ende oder neuer Anfang?" Zum Glück merkte es niemand, so machte sie ihr Abitur mit mir zusammen im dritten Monat der Schwangerschaft. Eine stramme Leistung.

Mein Vater war eher der sensible Künstler, ihm war die ganze Schwangerschaft über schlecht, berichtete meine Mutter. Geheiratet haben sie im August, geboren wurde ich am 29. November. Da waren sie schon wieder getrennt und irgendwann wurden sie auch wieder geschieden.

Als mein Vater zu uns nach Kiel kam, ging mir das Herz auf. Er war lustig, fröhlich und ich mochte ihn auf Anhieb. Ich gab mir Mühe, mit ihm schöne Bilder zu malen. Meine Mutter hatte mir gesagt, dass er Maler sei und viele Bilder male. Ich versuchte, ihm zu gefallen. Ich malte sowieso gerne, da brauchte man mich nicht viel zu bitten. Genau erinnere ich mich noch an das Bild, das wir zusammen malten, die Vierjährige und der fast 30-jährige.

„Mal das Haus doch mal in rosa und gelb", lachte er und ich malte es in rosa und gelb. Dazu die Wolken auch in rosa und gelb. Wenn ich das Bild heute ansehe, kommt es mir vor, wie Pop-Art der späten sechziger Jahre. Da waren wir schon der Zeit voraus. Aber mein eigenes Bild war das nicht so richtig.

Als wir eine Weile gemalt hatten, schlug er vor, mit uns einen Ausflug zu machen. Vor der Tür stand sein VW-Käfer in Grau.

Ich hatte in meinem ganzen Leben noch nie in einem Auto gesessen und es dauerte keine halbe Stunde, da war mir so schlecht, dass ich mich übergeben musste.

Mein Vater, der sicher nie Kinder im Auto gehabt hatte und daher sehr flott gefahren war, musste das ganze Auto sauber putzen und ich war sicher, dass er mich in Erinnerung behalten würde. Nur, ob in guter, da war ich mir nicht so sicher.

Fortan malte ich aber immer ein Bild für ihn, wenn meine Mutter mal wieder ein paar Fotos von mir nach Wiesbaden schickte. Manchmal, zum Geburtstag, bekam ich etwas Witziges zurück. So zum Beispiel eine Zeichnung zum fünften Geburtstag: ein kleines Mädchen und eine Reihe von Figuren, in denen das kleine Mädchen immer älter und größer wird. Ganz zum Schluss geht mit einem Krückstock eine alte bucklige Frau, die wieder ganz klein geworden war. Ich konnte sehr darüber lachen. Heute ist meine Mutter etwa so klein und geht am Stock.

***

Leider war mein Vater wieder nach Wiesbaden zurückgefahren, ich wusste nicht, wo das war, aber ich verstand, dass er wieder weit von mir wegging. Die erste große Liebe meines Lebens verließ mich und ich wusste nicht genau, warum. Ich hatte große Angst, dass das mit mir zu tun haben könnte.

Dass er als Künstler sich nicht mit der Familie belasten wollte, verstand ich erst später, ebenso, dass meine Mutter, die ihn sehr geliebt hatte, ihn freigab, gerade weil sie ihn liebte. Getröstet habe ich mich später damit, dass er ziemlich berühmt wurde. Aber so war mein Vater kaum, dass er in mein Leben getreten war, schon wieder weg.

Ich weinte bitterlich und meine Mutter war sicher ziemlich hilflos. Nach vielen Jahren erfuhr ich von ihr, dass sie ihm danach gesagt hatte, er solle besser nicht wieder kommen. Ich sei durch die erneute Trennung so traurig geworden.

Das hat er dann auch eingehalten, vielleicht war es für ihn auch bequemer so. Ab und zu kamen Briefe und Postkarten aus allen möglichen Ländern.

Nach diesem ersten Besuch habe ich ihn erst wieder gesehen, als ich vierzehn war. Genau zehn Jahre später. So wurden seine Bilder zu seinen Kindern und ich wuchs ohne Vater auf.

Meine Mutter war alleinerziehend, der Begriff wurde allerdings erst später erfunden. So ganz allein erzog sie mich natürlich nicht, da waren noch immer meine beiden anderen Frauen, die mich begleiteten.

Männer gab es nicht in diesem Leben. Ich lernte daraus, dass sie zwar bunt, schillernd, liebenswert, lustig und interessant sind, ganz anders als meine drei Frauen, aber nie da.

***

Manchmal fuhren Großmutter, Mutter, Tante und ich am Samstag mit dem Fördedampfer nach Laboe an den Strand.

Großmutter saß dann immer in ihrer schwarzen Kleidung auf einer Decke und dachte nicht daran, sich auszuziehen.

Wir badeten alle fröhlich, doch sie meinte, das sei nichts für sie. Sie sei mehr für warmes Wasser, hätte immer eine Badewanne gehabt in „Ostpreußen" und auch hier. Was solle sie da im kalten Wasser.

Wir hatten immer ein kleines Picknick und etwas zu trinken mit, damit der Tag nicht allzu teuer wurde.

Um uns herum wurden die schönsten Burgen gebaut, es gab richtige Wettbewerbe am Strand. Bunt geschmückt waren die Burgen mit den vielen Muscheln und kleinen Fahnen mit Nivea-Werbung und den ausladenden Formen - alles nur aus Sand. Ich ging ganz alleine stundenlang herum und bewunderte atemlos die Werke. Wie schön war das alles! Es gab Fabeltiere und Burgen, kleine Schiffe und große Paläste, sorgsam gepflegt mit der Gießkanne, damit alles schön feucht blieb und der Sand nicht zerrann.

***

Einmal kamen die Verwandten zu Besuch: Tante Trude, Onkel Gerhard und Tochter Anneliese, schon über 20 Jahre alt. Also kein Spielkamerad für mich, sondern schon eine richtige junge Dame im hellen Sommerkleid mit eng gezurrter Taille und breitem weißen Gürtel. Trotzdem war sie sehr nett zu mir. Ich bewunderte sie sehr.

Tante Trude und Onkel Gerhard waren sehr streng. Bis dahin hatte ich immer gedacht, dass nur meine Großmutter eine einzige Verbotstafel sei, aber es gab noch Schlimmeres. Die Mutter von Tante Trude war die Schwester meiner Großmutter, Minna. Tante Trude hatte keine Kinder, Anneliese war Onkel Gerhards Tochter.

Die Verwandten waren sehr stolz auf ihr neues Auto, das sie uns hiermit vorführten. In der Körnerstraße machte der große chromblitzende Wagen richtig Furore, alle hingen an den Fenstern und guckten. Es war der einzige Wagen in der ganzen Straße, der dort parkte am Bürgersteig. Wir fuhren mit dem schicken Ford Taunus am Samstag nach Laboe. Diesmal wurde mir nicht wieder schlecht und ich fand, dass ich wieder ein Stück älter geworden war.

Die erste Klasse
im
Jungengymnasium

***

Ein ganz neues Leben begann, als ich zur Schule kam. Plötzlich tat sich die große Freiheit auf, ich begann, ein eigenständiges Leben zu führen. Man konnte mich jetzt nicht mehr im Haus behalten, ich musste ja zur Schule. Die war zwar nur zwei Minuten von unserem Wohnhaus entfernt, aber immerhin.

Ich war kein Einzelgänger mehr, ich gehörte jetzt zu einer Gruppe. Die Begegnung mit den vielen anderen Kindern war für mich sehr spannend.

Der erste Schultag mit der obligatorischen Tüte zeigt mich strahlend auf dem Foto, ohne Vorderzähne, die waren gerade ausgefallen.

Ich stand am Vordereingang der Kieler Humboldtschule. Das war ein ehrwürdiges altes Jungengymnasium mit gotischen Bögen im Schulflur, dunkel und fremd.

Dort wurde ich in die erste Volksschulklasse eingeschult, weil die für mich zuständige Schule noch völlig zerbombt war. Später gingen wir, wenn eine Stunde ausfiel, manchmal heimlich dorthin. Die anderen Kinder wussten, wo das war. Ich sah mir die schwarze Ruine an und mir lief ein Schauer über den Rücken. Jedes Mal rannte ich schnell nach Hause. An einem Tag der offenen Tür kam ich nach fünfzig Jahren wieder einmal in die Humboldt-Schule hinein. Ich spürte noch immer diese Beklemmung der düsteren Gemäuer.

Zunächst aber zählte nur eins: andere Kinder kennen lernen. Und vor allem: Jungs, die fremden Wesen.

Bei der Einschulung waren wir über 40 Kinder. An die Tafel wurde ein großes A gemalt und ein kleines. Die Wände waren grau wie die zerstörte Stadt und Bilder gab es nicht. Einen halben Meter unter der Decke hatte die Wand einen hellgrauen Streifen.

In die Holzpulte eingelassen waren kleine viereckige Vertiefungen für die Tintenfässchen, aber so weit waren wir noch lange nicht, wir hatten die Schiefertafel, am Band das nasse kleine Schwämmchen und dazu den Griffel für die ersten Schreibübungen.

Schon am Tag nach der Einschulung wurden wir erst einmal zu Schülern zweiter Klasse degradiert: wir durften nicht mehr den Vordereingang benutzen wie die Gymnasiasten, sondern mussten hinten herum durch das Tor am Schulhof gehen.

Für mich wurde dadurch der Weg zur Schule länger, wohnte ich doch fast am Vordereingang und nun musste ich einmal um den ganzen Block herumgehen.

Noch heute gibt es die kleine Mauer aus rotem Backstein, rot wie das ganze Gebäude. Auf der balancierte ich gerne, weil ich sie schon von Spaziergängen zur Post am Lessingplatz kannte.

Und schon war da plötzlich eines dieser fremden Wesen, das mich von der Mauer schubste. Ein Junge, kaum größer als ich, aber schon Sextaner. Um mich ärgern zu können, ging er immer mit mir durch das hintere Tor. Ich war total wütend und schubste ihn zurück. Das wollte ich mir nicht gefallen lassen und körperlich war ich ihm sehr gut gewachsen.

Damit hatte er wohl nicht gerechnet, weil ich so schmächtig war, aber nun begann ein täglicher Sport. Wir kämpften um jeden Zentimeter der kleinen Mauer und es war ganz interessant für mich, da ich ja überhaupt keine Kinder und damit auch keine Raufereien kannte. Kurz vor dem Schultor hörten wir einvernehmlich auf und gingen einträchtig grinsend in die Schule.

Bald fing das Frühjahr an, wir waren ja noch zu Ostern eingeschult worden. Und mit den ersten Sonnenstrahlen wetteiferten die anderen darum, wer als Erster in Kniestrümpfen kam und wer als Erster Söckchen trug. Ich durfte natürlich mal wieder nicht ohne die langen braunen Strümpfe das Haus verlassen. Wie immer hatte meine Großmutter Angst, ich könne mich erkälten. Folglich war ich immer zu dick angezogen, was dann tatsächlich dazu führte, dass ich mich wirklich erkältete, weil ich dauernd schwitzte.

Ich begann also mit meiner Therapie: Abhärtung. Jeden Morgen verließ ich die Wohnung in den langen Strümpfen, aber schon im Erdgeschoss, noch vor der Haustür, zog ich die langen Ungeheuer aus, zog das Leibchen ab und war fortan ein freier Mensch.

Zu der Zeit lernte ich meine Lektionen sehr schnell, aber auch erst durch die Spiegelung mit den anderen Kindern:

Erwachsene müssen nicht alles wissen und ich begann, die wichtigen und interessanten Dinge für mich zu behalten. So erweiterte die Schule mein bisheriges Leben ungemein, das Schülerleben machte mir richtig Spaß und ich lernte sehr leicht.

Meine Klassenlehrerin war Frau Brummack, eine junge Lehrerin, die mit meiner Mutter zusammen studiert hatte. Zuerst war ich sehr besorgt, was alles über mich berichtet werden konnte. Ich war überzeugt, dass meine Mutter so einiges über mich und mein schulisches Leben erfuhr. Aber die hatte gerade ganz andere Sorgen, denn sie hatte inzwischen ihr Examen bestanden und die erste Stelle als Volksschullehrerin angetreten.

Finanziell hatte das natürlich nur Vorteile für uns. Auch die Großmutter hatte inzwischen ihre Rente bekommen, der Großvater war für tot erklärt worden und so standen wir finanziell erheblich besser da. Was lag da näher, als eine größere Wohnung zu suchen?

Kurz nach meiner Einschulung nahm meine Mutter mich mit in die Feldstraße. Stolz zeigte sie mir das Haus mit der Nummer 100 und sagte mir: „Hier werden wir einziehen."

Ich war entsetzt: „Da ziehe ich niemals ein!" Ich sah das Haus an und wollte es nicht glauben. Das Gebäude - eine Ruine - war schwarz vom Feuer einer Brandbombe, die Fenster ausgebrannt, es gab keine Stockwerke mehr und keine Treppen. In diesem schwarzen Gemäuer flatterte lustig eine Leine mit weißer Wäsche. Das Dach war natürlich auch nicht mehr da.

So ungeschützt und bedrohlich erlebte ich dieses Haus, da wollte ich wirklich nicht einziehen und schon der Gedanke daran machte mir Angst. So dicht war ich wieder an meinem Thema von Krieg und Zerstörung angekommen. Ich zitterte wie Espenlaub und konnte mich gar nicht wieder beruhigen.

Meine Mutter schien das alles gar nicht zu stören. Für sie war nur eines entscheidend, wir würden eine eigene Wohnung haben. Ich sollte mit meiner Mutter zusammen in eine Zweizimmerwohnung ziehen und in der gleichen Wohnung darüber würden Großmutter und Tante wohnen, sodass ich immer jemanden zur Betreuung und zum Mittagessen hätte, wenn ich aus der Schule käme. Meine Mutter machte zu der Zeit oft wechselnden Schuldienst, mal vormittags aber auch oft nachmittags. Ich sollte ein eigenes Zimmer bekommen. Das erschien mir natürlich auch sehr verlockend, zumal die Großmutter immer mehr schnarchte und ich oft nachts wach lag und morgens bei Schulanfang schon müde war.

Ich begann, mich mit dem Gedanken an das neue Haus anzufreunden und versuchte, meine Ängste zu überwinden.

Meine Mutter versicherte mir, dass alles wieder schön renoviert werden würde und ich mich dort sicher sehr wohlfühlen werde. Da war ich gar nicht sicher, aber was sollte ich schon dagegen tun. Der Umzug stand fest.

Wir gingen ein paar Wochen später noch einmal zusammen zum neuen Haus und es sah tatsächlich schon etwas besser aus. Von außen war der Putz neu, die verrußten schwarzen Mauern waren nicht mehr zu sehen. Nur in meinem Gedächtnis eingebrannt gab es das Bild noch. Neue Stockwerke waren eingezogen und ein neues Dach war auch da. Die Treppen aus rohem Beton führten nach oben und ich musste mal wieder eine Mutprobe bestehen, um meine Ängste zu bannen: einmal die Treppen hinauf gehen ohne Geländer bis in den zweiten Stock.

Meine alte Höhenangst aus dem Riesenrad meldete sich heftig. Fast gestorben bin ich vor Angst, aber ich ließ mir nichts anmerken. Ich stand schließlich in meinem neuen Zimmer mit den frisch verputzten, nackten Wänden. Ich ging in das große Wohnzimmer, in dem meine Mutter wohnen würde. Und ich fand mich langsam damit ab, dass es in meinem Leben eine große Veränderung geben würde.

Sehr traurig war auch mein Kampfpartner aus der Sexta, als ich ihm sagte, dass wir umziehen würden.

Im Oktober 1956 war es dann soweit. Ich kam nach einem halben Jahr im Gymnasium auf eine ganz normale Volksschule für Mädchen, in die Hardenbergschule beim Blücherplatz. Da durfte ich dann auch wie alle anderen Schülerinnen den Haupteingang benutzen.

Auch diese Schule war dunkel und aus rotem Backstein gebaut. Das Schreien der Kinder in den Pausen hallte die hohen Wände der Häuser hoch und die Toiletten im kleinen Häuschen auf dem Hof waren kalt und zugig. Auf dem Hof schien nur wenig die Sonne, meist lag er im Schatten. Ich fror in dieser Schule ständig. Und ich mochte dort nicht zur Toilette gehen, was dazu führte, dass ich häufig Probleme hatte, denn ich hatte oft Durchfall. Sicher ein Symptom der Angst, die noch immer in meinem Kopf lauerte. Ich wusste zwar, dass es sie gab, aber ich gab mir alle Mühe, sie zu verbergen.

Durch das viele Pfeifen im Walde gewöhnte ich mir bald eine recht nassforsche Art an, die nicht vermuten ließ, dass bei mir etwas anders war als bei anderen Kindern. Ich lernte lesen und bekam die ersten Bücher: Miez, Mauz und Muschi, Mecki-Bücher, Pixi-Bücher, Grimms Märchen.

Doch hier passierte noch etwas ganz Wunderbares, etwas was ich gar nicht kannte. Ich fand meine beste Freundin. Gudrun wohnte auch in der Feldstraße und bald sahen wir uns nicht nur in der Schule, sondern besuchten uns auch nachmittags.

Wir nannten uns Gudy und Gaby, mit y, was ganz modern war. Sie beneidete mich heftig um mein eigenes Zimmer und so waren wir bald öfter bei mir als bei ihr. Ihre Eltern hatten eine Einzimmerwohnung und sie schliefen im Wohnzimmer zur Straße hinaus während Gudy in der Küche mit Fenster zum Hinterhof ihr Bett stehen hatte. Genauso heftig, wie sie mich um mein Zimmer beneidete, und darum, dass ich keinen strengen Vater hatte, so heftig beneidete ich sie um das Gegenteil: Sie hatte einen Vater. Und sie hatte eine Mutter, die Haus-frau war. Das war etwas, was ich gar nicht kannte. Und so sorgte ich immer häufiger dafür, dass wir auch ab und zu bei ihr waren. Besonders am Waschtag.

Da gab es auf dem Hinterhof nämlich eine Waschküche mit einem großen Bottich und kleinen Fenstern zum Hof. Man ging zwei Stufen hinunter und schon war man in einem Paradies. Der satte Geruch nach Kochwäsche, die unvergleichlichen Dampfschwaden, ich konnte gar nicht genug davon kriegen.

Gudys Mutter war bei der Arbeit ganz rot im Gesicht, ihre dunklen Haare hingen in ihre hübschen Augen und man sah es ihr an, wie schwer die Arbeit war. Sie rührte mit dem großen Holzlöffel die Wäsche wieder und wieder um, bis sie es für gut befand und die Wäsche gespült wurde.

Ich dachte daran, wie es bei uns war: wir hatten in unserer Wohnung jetzt neben der kleinen Küche auch ein Badezimmer und in der Wanne wurde die Wäsche gewaschen. Die großen Teile wie Bett-wäsche und Handtücher wurden in die Wäscherei Wulff gegeben, so viel Geld war schon da.

Oft spielten Gudy und ich am Waschtag bei ihr im Hof, malten Hinkekästchen aufs Pflaster oder saßen ganz einfach auf den kleinen Mauern unter den Apfelbäumen und träumten unser Leben. In der

Badewanne bei mir weichten die kleinen Wäschestücke ein und über Nacht – dank Persil – waren sie sauber.

Auf dem Rand der Wanne saßen ein paar weißblaue Entchen, die waren noch nicht aus Plastik, sondern aus Zelluloid. Ich konnte der Versuchung nie widerstehen, sie an den Flügeln ein wenig einzudrücken und jedes Mal gab es das gleiche Ergebnis: Die Beule blieb drin und ließ sich nicht mehr ausbeulen. Unwiderruflich. Mit den heutigen bunten Plastikentchen gibt es diese Erfahrung nicht mehr. Die Beule springt wieder heraus.

So langsam hatte auch meine Großmutter sich daran gewöhnt, dass mein Radius größer geworden war und ich am Nachmittag nach dem Essen einfach verschwand, ohne groß zu sagen, wo ich hinging. Ich war nun auch schon sieben Jahre alt. Der Einfachheit halber sagte ich meistens: „Ich gehe zu Gudy!", auch wenn es nicht immer stimmte. Denn ich musste erst einmal meine interessante neue Umgebung so richtig kennen lernen. Und besser war es schon, wenn nicht alle wussten, wo ich war und was ich da genau tat.

Nicht weit von unserem Haus entfernt war der Park der „Forstbaumschule" mit seinen vielen alten großen Bäumen. Gerne kletterte ich auf ihnen herum, je höher, desto besser. Immer mit dem Versuch verbunden, meine Angst, die tief in mir lauerte, zu überwinden und damit zu besiegen.

Ganz besonders spannend war dort das Gelände einer alten Gärtnerei, mit vielen Obstbäumen und vor allem mit kleinen Bunkern aus der Kriegszeit. Wieder stülpte sich mein altes Bild vom zerstörten Kiel über mich, aber ich musste es einfach tun, meine Angst vergessen, die mir heftig den Rücken hochkroch. Ich musste einfach in die nasskalten Gänge der bemoosten Bunker klettern, obwohl so etwas sicher streng verboten war. Aber was wussten die Erwachsenen schon davon. Schon gar nicht meine drei Frauen, die noch immer sehr ängstlich waren, was mich betraf.

Das erste Jahr in der Feldstraße war das Schönste, es war alles noch wild und ursprünglich und die Spuren des Krieges waren noch deutlich zu sehen. Ich versuchte, Geschichte direkt zu lernen, versuchte, zu begreifen, was mit dieser schönen Stadt am Meer passiert war. Es gab verwilderte Gärten, umgestürzte Bäume, die Bunker, den Moltkestollen und den Caprivistollen, unterirdische Wege, die Sternwarte und die Villen am Niemannsweg, den Düsternbrooker Wald mit seinen vielen Bombenkratern, die beiden Tümpel, das Hindenburgufer, alles musste entdeckt werden.

Ständig schwankte ich zwischen Angst und Entdeckerfreude. Alles war sehr aufregend für mich, jeder Tag brachte neue Abenteuer und das kleine behütete „Marjellchen" lernte es, ein eigenes Leben zu führen.

Auch mit meiner Großmutter war viel passiert. Schon während unserer Zeit in der Körnerstraße waren wir oft im Kino gewesen, meist im „Capitol" in der Wilhelminenstraße. Ich hatte alles gesehen, was es gab: Liebesfilme, Heimatfilme, eine bunte Mischung. Nicht alles verstand ich, aber es gefiel mir. „Fox Tönende Wochenschau" informierte mich über die große Welt. „20th Century" wurde für mich zum Markenzeichen. Altersbegrenzung gab es noch nicht und die Großmutter nahm mich einfach mit, wenn sie ins Kino ging. Sie liebte das Kino und tauchte ab in die Fantasiewelten. Sicher hat sie dann auch den Krieg vergessen und die schwarzen Bilder ihrer Seele, von denen sie selten redete.

Oft waren wir auch in den „Reichshallen" in der Eckernförder Straße, in der „Brücke" und im „Gloria" an der Holstenbrücke. Es gab diese vielen riesigen Kinos der Kieler Nachkriegszeit. Sie waren immer brechend voll, Fernseher gab es ja noch kaum. Auch in der Feldstraße blieben wir bei den wöchentlichen Kinobesuchen. Wir gingen hoch zur Holtenauer Straße und dort ins „Metro", auch so ein Riesenkino. Dicke rote Vorhänge vor der Leinwand, schöne gelbliche Beleuchtung und die dicken roten Sitze gaben ein schönes Bild ab. Oft saßen wir sogar ziemlich weit hinten in einer der Logen. Das hatte etwas sehr Mondänes und ich liebte es, wenn die Großmutter sich an der Kasse dafür entschied.

Manchmal waren wir auch im „Regina" in der Holtenauer Straße. Das war für uns etwas weiter weg. Ich sah Liselotte Pulver, Heinz Rühmann und Ruth Leuwerik, Hans Albers und Heinrich George, die ganz gute heile Filmwelt.

1957 wehte plötzlich ein anderer Wind auf der Leinwand, etwas hatte sich geändert. James Dean war angetreten, 1955 in Amerika mit seinen drei Filmen die Welt zu verändern. Ich sah „Giganten", „Jenseits von Eden" und ich sah vor allem „Denn sie wissen nicht, was sie tun". Er war schon tot, als die Filme in die deutschen Kinos kamen. Ich sah diesen sanften jungen Mann mit den ausgewaschenen Jeans, der Lederjacke und dem rebellischen Gesicht mit den schönen Augen und ich erinnerte mich an meinen Vater. Plötzlich wusste ich, das betraf mich persönlich und direkt. Dean verkörperte den Prototyp des verletzbaren Außenseiters und wurde zum Inbegriff der ungezähmten, rebellischen Jugend, die sich von der Erwachsenenwelt unverstanden fühlt und die bestehenden sozialen Werte bekämpft. Seine Kleidung und sein Lebensstil werden zu einer Mode, die sich über seinen Tod hinaus hält.

Mein Leben änderte sich mit diesem Film. Plötzlich hatte ich ein Vorbild, plötzlich wusste ich, dass ich nicht alleine war mit Ängsten und Zweifeln, mit der Auflehnung gegen die alten Muster, mit der Angst vor Brutalität und „Krieg" und „echten Männern". Ich verstand diese Filme wie keine anderen.

Es gab noch einen Film, den ich unbedingt sehen wollte. Ich ging zu meiner Großmutter und sagte: „Oma, das gibt da so einen Sänger in Amerika, der hat jetzt auch einen Film gemacht. Den würde ich gerne sehen." Meine Großmutter hatte nichts dagegen und sie rockte sogar sanft mit, als Elvis seine Hüften schwang und zur Gitarre sang „Rock A Hula Baby, Rock ...".

„Blue Hawaii" hieß der Film und er hatte keinen besonderen Tiefgang. Aber er hatte etwas Anderes, viel Wichtigeres: eine wilde, direkte Musik. Endlich war das mal Musik, die mich bewegte. Vielleicht hat mich auch dieser sanfte und doch wilde junge Mann mit der Gitarre wieder an meinen Vater erinnert. Bisher hatte mich meine Mutter immer mit Klassik versorgt, mit sogenannter „guter Musik". Was „gut" war, wollte ich jetzt selber bestimmen und ich war ganz wild darauf, diese Musik zu hören. Es wurde zu „meiner Musik" und es wird meine Musik bleiben, bis ich nicht mehr rocken kann. Aber dann eben im Rollstuhl. Und mit den Zehen wippen.

Höhlen unterm Tisch
und
erster Rausch

***

Ein eigenes Zimmer! Ein eigenes Leben! Eine eigene Welt der Bücher! Eine eigene Welt der Fantasie! Zentralheizung! Eine Badewanne mit immer heißem Wasser!

Ich konnte es gar nicht fassen, wie rasend sich mein Leben in nur einem Jahr verändert hatte.

Mit sehr guten Leistungen kam ich 1957 in die zweite Klasse. Unser Familienleben lief in geordneten, bürgerlichen Bahnen. Meine Tante arbeitete weiterhin im Landeskirchenamt, meine Mutter war, wie ich, in der Schule, immer noch sehr oft am Nachmittag.

Auch ich hatte manchmal nachmittags Schule. Das fand ich sehr schön, denn ich begann es sehr zu schätzen, wenn ich den ganzen Vormittag frei hatte. In meinem Zimmer hatte ich angefangen, ein wunderschönes Eigenleben zu leben: ich wurde meistens schon um fünf wach, obwohl ich oft sehr spät einschlief. Diese Zeiten, die ich ganz für mich alleine hatte, wurden die Schönsten am ganzen Tag. Abends ging ich zeitig zu Bett, las noch ein wenig in einem Buch und wenn meine Mutter es mir sagte, machte ich natürlich das Licht aus. Meine Zimmertür hatte nämlich ein Fensterchen. Aber ich hatte eine Taschenlampe geschenkt bekommen und die war nie ohne Batterien, dafür sorgte ich immer. Mein ganzes Taschengeld ging dafür drauf. Denn oft war das Buch gerade zu spannend und ich musste unbedingt weiterlesen.

Oder ich hörte auf zu lesen und begann eine meiner vielen Fantasiereisen. Wir hatten in der Schule einen Atlas bekommen. Auf dem trug ich vorsichtig mit Bleistift die Routen der Reisen ein, die ich dann nachts machte. Immer im Segelboot, von einem Hafen zum anderen. Von Spanien nach Afrika, von Afrika in die Karibik oder auch mal von San Francisco nach Tahiti. Stundenlang lag ich wach und träumte vor mich hin, bis ich dann doch irgendwann einschlief. Wenn ich dann wieder wach war, begann ich zu malen. Das war wohl die produktivste Zeit meines Lebens, was die Malerei betrifft. Niemand war wach, meine Mutter schlief noch tief und fest, niemand rief mich zur Ordnung, niemand wollte etwas von mir, niemand machte mir Vorschriften.

Noch heute schreibe ich am liebsten nachts, wenn meine drei Kinder schlafen. Und ich fühle mich heute wieder wie damals: frei und ungebunden.

Zum Mittagessen, nach oder vor der Schule, war ich immer in der oberen Wohnung bei meiner Großmutter. Dort wurde gekocht, was ich immer sehr spannend fand, nur machen durfte ich nie etwas, außer vielleicht mal mit einer Haarnadel die Kirschen entkernen. Den Rest fand meine Großmutter wohl auch wieder viel zu gefährlich für mich.

Und meine Mutter fand die Küchenarbeit nicht so spannend, sie hatte ja auch schließlich einen Beruf. Wenn sie allerdings auch in der Küche nie etwas machen durfte bei meiner Großmutter, so dachte ich bald, wird sie es wohl gar nicht gelernt haben, das Kochen.

So sah ich zu und lernte sehr theoretisch. Einmal hatte ich ein Hühnerbein in der Hand und probierte die Sehnen aus. Natürlich bewegten sich die Krallen und meine sonst so wortkarge Großmutter fing an zu schimpfen, dass es krachte. Sie hatte sich wohl erschrocken.

Meinen Forscherdrang hatte sie mir dadurch zum Glück nicht ausgetrieben. Ich lernte, wie in Ostpreußen gekocht wurde: gut gegen die Kälte, schlecht für die Figur. Aber das war mir egal, ich war ja immer noch so „spillerig" und dünn, wie ich die meiste Zeit meines Lebens dann auch blieb.

Nur meine Frauen wurden immer fülliger. Es wurde mit Speck gekocht, den so genannten „Spirgeln", mit „guter Butter", mit Sahne, also „Schmand", immer mit vielen Eiern, vielen Kartoffeln und nur sehr selten mal Fleisch.

Butter aufs Brot gab es fingerdick, Gemüse gab es fast jeden Tag. Ich mochte kein Fleisch, höchstens mal ein Würstchen. Am liebsten aß ich Bratkartoffeln, mal mit Spiegelei, mal mit Rührei, mal mit Würstchen. Oder Kartoffelbrei, ebenso. Oder auch Salzkartoffeln. Gab es mal Fleisch, kaute ich meistens sehr lange darauf herum, bis es völlig zerfasert war. Ich mochte es einfach nicht.

Da meine Familie, wie es die Zuchtpädagogik dieser Zeit verlangte, mich dazu zwang, alles aufzuessen, hatte ich keine andere Wahl: der Fleischklumpen kam in die linke Backe, die sie nicht sehen konnten und wurde dann kurzfristig nach dem Essen ins Klo gespuckt.

Wie schon so oft: ich kam mit Lügen besser durch, wenn nicht auf das gehört wurde, was ich für mich als richtig ansah. Und ich war ganz sicher: Ich wusste schon recht gut, was für mich gut war und was nicht. Zum ersten Mal darf ich zum Geburtstag drei Mädchen aus meiner Klasse einladen. Vorher habe ich immer mit meinen drei erwachsenen Frauen alleine gefeiert. Und da haben sie sich gewundert, wenn ich mich nur mit Mühe freuen konnte.

Meine Tante fuhr in Urlaub. Sie schlief in der oberen Wohnung im Wohnzimmer, so wie meine Mutter unten bei uns. Sie hatte eine recht breite Schlafcouch, so wie man es in den 50er Jahren liebte. Darunter war ein Bettkasten. Vor der Couch ein Tisch und drei Sessel. An den Wänden ringsum Schränke und Regale und ein Schreibtisch. Alles in hellem Rüster und alles von Roos. Modernste Einrichtung und todschick.

Meine Großmutter hatte das gleiche Zimmer, wie ich in der unteren Wohnung. Ich schaffte es, meine Tante zu überreden, dass ich in der einen Woche, in der sie weg war, in ihrem Wohnzimmer eine Höhle unter dem Tisch bauen dürfe, mit Decken und Kissen, mit den Rückenteilen des Sofas, mit allem, was ich dafür brauchen würde.

Ich bekam die Erlaubnis. Meine Tante konnte mir sowieso nichts abschlagen und so wurde ich die ganze Woche über nicht mehr gesehen. Ich lebte in meiner Höhle und fand das herrlich. Sogar gegessen habe ich in der Höhle. Alles hatte ich bei mir, Bücher, Schulsachen, natürlich die obligatorische Taschenlampe, denn meine Höhle war sehr gut gebaut, es kam nicht durch eine Ritze Licht hinein. Ich las und träumte vor mich hin, bequem ausgestattet hatte ich alles.

Am Wochenende durfte ich sogar einmal in der Höhle schlafen. Meine Großmutter schimpfte zwar darüber, aber sie fügte sich meinem Wunsch. Meine Tante hatte es mir schließlich erlaubt. Und ich bekam in jedem Jahr wieder die Erlaubnis und fand das immer wieder herrlich. Es freute mich deswegen riesig, wenn mein Tantchen wieder mal auf eine kleine Reise ging.

Auch meine Mutter und ich fuhren zum ersten Mal in Urlaub - nach Sylt, wo ich sofort in den Nordseewellen das Schwimmen lernte. Erst übte ich noch vorsichtig mit einem Schwimmring, dann aber wurde ich schnell mutiger und auch geschickter im Umgang mit den Wellen.

Am Ende der sechs Wochen schwamm und tauchte ich wie ein Fisch. Wir waren in Hörnum, der kleinen Siedlung an der Südspitze der Insel. Wir beide genossen die plötzliche große Freiheit. Weg von der strengen Großmutter, weg von der moralischen Tante, nur den ganzen Tag zusammen mit meiner flippigen Mutter, das war schon lustig. Oft kam sie erst am Morgen wieder, hatte in der „Seekiste" gefeiert oder im „Seecasino" oben auf der Düne am Hafen. Wir lachten zusammen darüber, ich hatte schon in der kleinen Pension den Frühstückstisch gedeckt und grinste nur: „Kommst du auch schon?"

Wir haben überhaupt viel gelacht in unseren Urlaubstagen und wir haben es genossen, zu tun und zu lassen, was wir wollten. Für mich war es die schönste Zeit meines Lebens mit meiner Mutter. Da war auch sie richtig frei, vielleicht zum ersten Mal in ihrem jungen Leben. Wir waren immer am FKK-Strand, bei den Nackten. Das hatte zu dieser Zeit nichts Mondänes, sondern kam mir wie eine wirkliche Befreiung vom Muff der 50er Jahre vor.

Wir hatten einen Strandkorb und das war gut, denn wir hatten oft windiges Wetter. Aber noch waren wir nicht auf Mallorca gewesen oder in der Karibik, wir waren noch abgehärtet und badeten bei Wind und Wellen. Ich durfte wieder Höhlen bauen, aber diesmal im Sand, ich grub wie ein Maulwurf mit meiner neuen Schaufel und baute die schönsten Behausungen: obendrauf als Dach kamen Strohmatten, die ich am Strand fand. In den Sand legte ich ein Badetuch und kuschelte mich nach dem Baden dort ein. Oft baute ich auch Schiffe am Wasser. Dort saß ich dann, träumte in die Sonne und fuhr von Tahiti nach Samoa.

Eine Freundin fand ich auch, Monika aus Hamburg. Sie war ebenso schwarzbraun von der Sonne gebräunt wie ich und sie hatte lange, schwarze Zöpfe, um die ich sie glühend beneidete. Hatte ich doch immer die glatten, hellbraunen Strähnen, mit denen absolut nichts zu machen war. Monika war auch sehr wissensdurstig und so begannen wir in der Höhle ein paar Doktorspiele.

Meine Mutter döste derweil im Strandkorb, sie hatte ja wirklich kurze Nächte gehabt. Meine Nächte wurden auch offiziell etwas länger, meine Neigung zum Nachtleben wurde nun auch von meiner Mutter erkannt. Sie schwärmte für die feuerroten Sonnenuntergänge am Meer und es gab dort ein Lokal mit Seeblick, den „Wassermann".

Solange ich dann auch für die Sonnenuntergänge schwärmte, durfte ich dableiben, bis sie untergegangen war. Na klar schwärmte ich. Und durfte bleiben. Trank Apfelsaft und freute mich des Lebens.

Als die sechs Wochen um waren und wir mit dem Zug über den Hindenburgdamm nach Hause fuhren, habe ich geweint. Ich hatte eine Ahnung von absoluter Freiheit bekommen und auch davon, wie lang das Jahr werden würde, bis wir wieder nach Hörnum kämen. Meine Mutter versprach es mir fest für das nächste Jahr, denn sie hatte es ebenso genossen, wie ich.

Nach den Ferien fuhren wir, da der Sommer noch heiß war, oft nachmittags an den Strand. Meistens nach Kitzeberg, aber am Wochenende auch mal nach Laboe. Am spannendsten fand ich jetzt sonnabends die Zeppeline, die vor Laboe über Strande kreisten und für „Persil" warben. Ich hatte aus den Gesprächen der Erwachsenen gehört, dass so ein Zeppelin in Amerika mal explodiert war, und beobachtete ihn den ganzen Tag lang genauestens. Aber es passierte nichts, er drehte gleichmütig seine Runden.

In Kitzberg waren wir in der Schulwoche während der schönen Sommertage täglich. Es war schwer, auf den Dampfer zu kommen, die Bellevuebrücke war voll von Menschen, die dicht gedrängt bis an die Straße standen. Niemand hatte ein Auto, jeder wollte zum Strand. Manchmal kamen drei oder vier Dampfer an die Brücke, bis wir dann endlich dran waren. Abends ging es umgekehrt, die Dampfer aus Laboe, Möltenort oder Heikendorf fuhren in Kitzberg gleich durch, sie hätten sowieso niemanden mehr an Bord nehmen können. Oft kamen wir so erst sehr spät abends nach Hause, wieder ein kleines Stückchen Freiraum, das meine Mutter und ich uns genommen hatten.

Ich liebte diese Tage in Kitzeberg und wir waren uns sehr einig: meine Mutter las meistens in einem Buch und badete viel, auch ich badete viel, saß aber auch oft auf den glitschigen, grün bemoosten Steinen am südlichen Ende des Strandes. Sie erinnerten mich an meine Bunker. Dorthin kam kaum jemand und ich träumte in der Sonne vor mich hin. Ging die Sonne über dem Wald von Düsternbrook unter, lief ich schnell wieder zu meiner Mutter, die schon auf mich wartete. Meistens bekam ich ein geschmiertes Brötchen aus der Tüte, weil es ja doch wieder mit dem Abendbrot dauern würde. Wenn ich Glück hatte, fuhr wieder ein Dampfer vorbei und meine Mutter besänftigte meine Ungeduld mit einer viereckigen Eiswaffel, Schoko-Erdbeer-Vanille von Langnese.

***

1957 war die wildeste Zeit in der Feldstraße vorbei, die Spuren des Krieges verschwanden allmählich. Aber auch der Zauber dieser einmalig freien Zeit war vorbei. Die alten Bäume in der Forstbaumschule blieben natürlich stehen, aber die Obstbäume der alten Gärtnerei wurden gefällt. Die Bunker wurden zugeschüttet. Alles wurde ordentlich hergerichtet, die Spuren verwischt, die Erinnerungen sollten getilgt werden, wir bauten ja auf, da waren sie nur hinderlich. Ich behielt sie aber in meinem Gedächtnis. Der Park wurde mit glattem Rasen versehen. Die Schlieffenallee wurde gebaut und mit ihr eine Reihe neuer, moderner Häuser.

Ich verlagerte mein Entdeckerleben in eine andere Gegend, hier war es mir zu langweilig geworden. Ich begann, mich am Tümpel im Düsternbrooker Wald aufzuhalten. Die Sommerferien waren vorbei und ich hatte ein neues Hobby: Frösche fangen. Rein sportlich natürlich, ich tat ihnen nichts und ließ sie gleich wieder weiterhüpfen. Ich hatte einen Kescher geschenkt bekommen. Ich liebte es, das Wort amerikanisch auszusprechen, da ich immer mehr amerikanische Begriffe in meine Sprache aufnahm.

Ich legte zum ersten Mal mein Taschengeld für eine Schallplatte an: Meine Mutter hatte einen Plattenspieler „Schaub-Lorenz" gekauft und ich legte „Rock Around The Clock" auf.

Meine Mutter, die sonst nur Klassik hörte und im Kirchenchor mit meiner Tante zusammen sang, fand das Stück sogar ganz gut, ich war erstaunt und etwas unwillig, denn seit Elvis wollte ich meine eigene Musik haben. Wie zum Trotz hörte ich immer öfter dann auch deutsche Schlager im Radio. Meine Großmutter hatte nichts dagegen, nur meine Mutter dozierte wieder von "guter" und „schlechter" Musik.

Für einige Sommer wurde die Entwicklung der Frösche mein Lieblingsthema. Mein naturwissenschaftlicher Drang war erwacht. Ich kam in die Experimentierphase. Im Frühjahr versuchte ich sogar, aus Kaulquappen Frösche zu züchten, was natürlich misslang. Aber ich hatte es wenigstens versucht.

Schon wieder wechselte ich die Schule. Es war eine neue Volksschule für Mädchen gebaut worden, die Reventlouschule in der Beselerallee, in die kam ich zum Glück - weil ich auf der richtigen Seite der Feldstraße wohnte, der rechten Seite, hin zum Wasser. Die Kinder der anderen Seite gingen weiterhin zur Hardenbergschule. So kam ich endlich weg vom kalten, alten, roten Bau in eine helle, neue Zeilenschule, ich war total glücklich. Auch die Klos waren hell und freundlich und mein häufiger Durchfall wurde seltener. Auch Gudy blieb in meiner Klasse. Alle anderen Schülerinnen waren mir inzwischen ziemlich egal.

Wir hatten einen schönen sonnigen Schulhof und für drei Wochen hatten wir sogar mal einen Jungen in der Klasse.

Ich fand es schade, dass wir keine Jungen in der Klasse hatten. Sie waren nämlich für mich immer noch eigentlich völlig fremde Wesen. Deswegen begannen nun wieder die Doktorspiele, diesmal im Hof hinter meinem Haus. Da gab es ein paar neugierige Jungen und auch ein paar mutige Mädchen, die dann auch gerne die Hose runterziehen und „Angucken oder Anfassen" spielten. Meistens trafen wir uns in einem Schuppen, in dem ein Brett fehlte, durch das wir uns mit etwas Mühe hindurchzwängten. Ein Erwachsener wäre durch diesen Spalt nie hineingekommen um uns zu finden, da waren wir sehr sicher. Ich hatte einen Doktorkasten mit Spritze und Verbandstuch, Mullbinden und Stethoskop geschenkt bekommen und damit startete ich meine aufregende Medizinerkarriere. Ich lernte schnell in dieser Zeit: nun wusste ich, wie ein Junge sich anfühlte und wie ein Mädchen. Am FKK-Strand war anfassen ja nicht erlaubt, so tolerant war das da nämlich gar nicht. Eher verklemmt eigentlich - aus heutiger Sicht.

Wir machten auch schöne Sachen in der neuen Schule. Am meisten liebte ich den Heimatkundeunterricht, in dem wir durch die Straßen wanderten und von den Schildern die Informationen über den Namensgeber herausschreiben mussten. So wusste ich bald alles über die Feldherren meiner Umgebung: Blücher, Scharnhorst, York, Molt-ke, Bülow, nur der Arzt Dr. Esmarch machte eine zivile Ausnahme. Er war Arzt und gab den Namen für die Esmarchstraße, in der ich sehr oft war.

In der neuen Schule schrieb ich meine erste Sechs, im Diktat. Wahrscheinlich war ich mal wieder in Gedanken ganz woanders gewesen. Aber ich war total geschockt und es kam nie wieder vor. Bei den Arbeiten war ich von da an aufmerksamer, obwohl ich im Unterricht oft vor mich hinträumte und aus dem Fenster sah. Wurde ich angesprochen, wusste ich aber meistens blitzschnell, worum es ging und konnte auch darüber reden. Begeistert sind Lehrer nach meiner Erfahrung über so etwas nicht. Aber in der Volksschule ließ man uns noch ein bisschen mehr Freiheit. Die wurde uns dann erst in der Oberschule ausgetrieben, von meinem ersten Klassenlehrer Herrn Schläger, und der hieß nicht nur so. Prügel mit dem Zeigestock waren da an der Tagesordnung. In der Volksschule wurden wir eher selten geschlagen.

Nach der Schule gingen Gudy und ich jeden Tag in den Zaubergarten, ein kleines Grundstück Feldstraße, Ecke Beselerallee. Das war noch nicht wieder bebaut worden, lange Jahre nicht. Später erfuhr ich, das es einer völlig zerstrittenen Erbengemeinschaft gehörte. Für uns war das gut, blieb uns doch ein kleines Stück Traumwelt und Natur erhalten.

Wenn das Wetter schön war, setzten wir uns auf einen kleinen Baum, freuten uns, dass die Schule vorbei war, und machten unsere Pläne für den Nachmittag. Der Weg nach Hause war nicht weit, zehn Minuten etwa nur. Meine Großmutter hatte sich darauf eingestellt, dass ich immer erst eine Stunde später nach Hause kam, ich brauchte die Zeit für mich und sie war mir nicht böse deswegen.

In der Gneisenaustraße gab es ein interessantes Geschäft, in dem Gudy und ich jede Woche herumstrolchten: Radio Götz. Nicht nur, dass wir da die Auslagen mit den neuesten Plattenspielern, Radios, Kofferradios und den ersten Fernsehern bewunderten, nein, es gab noch etwas viel Wichtigeres und das war völlig kostenlos. Die „Klingende Post". Das war eine Schallplatte, die mit kurzen Anrissen der Schlager des Jahres Werbung für die Plattenindustrie machte. Die holten wir uns regelmäßig, sie erschien mehrmals im Jahr.

Bei Radio Götz kannte man uns schon bald. Gudys Vater kaufte einen Fernseher und schon waren wir jeden Abend zum Werbefernsehen bei ihr. Spannend fand ich es, die Werbeblöcke und die Serien zu sehen: „Lassie" und „Bonanza", „Bezaubernde Jeanie" und Larry Hagmann. Manchmal durften wir auch abends einen Spielfilm sehen.

Gudys Vater verdiente jetzt auch besser und ihre Mutter hatte eine Putzstelle im Niemannsweg angenommen. Da gab es auch „Pitzie" einen schwarzen Pudelmischling, der ausgeführt werden wollte und schon hatten Gudy und ich ein neues Spiel: wir gingen mit dem Hund spazieren.

Das Wichtigste war aber der kleine Fiat 500, den die Familie anschaffte. Sie fuhren immer gerne nach „Kalifornien", „Heidkate" oder „Schönberger Strand". Ich durfte immer mit, zwei Erwachsene und zwei Kinder passten da gerade so rein. So bekam ich wieder einen größeren Radius und lernte eine ganz neue Ecke von Kiel kennen: das Ostufer. Es kam mir vor wie eine ganz neue Stadt.

***

1958 habe ich viele Spiele für mich entdeckt. Eines war aber ganz besonders und sollte für ein Leben interessant bleiben. Ich entdeckte einmal beim Duschen zufällig dieses wunderbare warme Gefühl und als ich die Brause mit dem starken Strahl dichter an die Scheide führte, bekam ich meinen ersten Orgasmus.

Da war meine Entdeckerfreude natürlich sehr groß und fortan achtete ich sehr genau darauf, dass die Badezimmertür zu war. Abschließen war bei uns verpönt, wir waren ja so frei, aber wirkliche Intimsphäre gab es nicht. So musste ich gut aufpassen, was sich auf dem Flur tat, um nicht erwischt zu werden. Ich hatte nun wieder ein neues Hobby, was ich mit Hingabe betrieb: Baden.

Im Bad gab es ein Heizungsrohr, mit dem wir immer in der Familie „telefonierten". Es gab am Rand des Rohres eine Ritze, die offen war, wir konnten uns somit unterhalten mit der oberen Wohnung. Wer etwas wollte, klopfte mit dem Porzellangriff der Toilettenspülung gegen das Rohr, das war in der ganzen Wohnung sehr laut zu hören und man konnte zum „telefonieren" ins Badezimmer kommen. Oft „riefen" Oma oder Tantchen an, es gäbe Essen, und dann gingen wir nach oben. Sehr praktisch und völlig kostenlos.

Am Wochenende gab es bei uns immer ein „gutes" Essen, sehr oft einen kleinen Braten mit Bohnen oder Rouladen mit Rotkohl oder Kassler mit Sauerkraut. Meine Tante brachte dann oft zum Essen einen der guten Kirchenweine aus dem Landeskirchenamt mit.

Die Erwachsenen tranken den roten Wein und ich bekam roten Traubensaft, den ich sehr gerne trank.

Doch wie gesagt, ich war in meiner wilden Experimentierphase und nun war auch der Wein dran. Ich war 1958 acht Jahre alt und wollte nun auch wissen, was es damit auf sich hatte, denn meine drei Frauen wurden immer so lustig, wenn sie Wein getrunken hatten, und bekamen rote Bäckchen. Ich durfte dann immer machen, was ich wollte, sie sagten mir dann gar nichts mehr, sondern kicherten vor sich hin.

Bei einem Essen sah ich dann die Chance. Meine Tante hatte drei Gläser Rotwein eingeschenkt und meinen Traubensaft, danach ging sie wieder zu den anderen in die Küche, das Essen war noch nicht fertig.

Ich guckte blitzschnell in den Flur, niemand da, alle in der Küche, ich hörte sie leise reden. Ebenso schnell lief ich ins Wohnzimmer zurück und trank die drei Gläser Wein aus. Besser drei als eins dachte ich sehr logisch, sonst würden sie das ja sofort merken. Stimmte auch genau. Ich wischte schnell mit meiner Serviette die Gläser aus, als meine Mutter auch schon ins Zimmer kam und aus der großen Literflasche Wein in die leeren Gläser einschenkte. Alle kamen ins Zimmer, es wurde aufgedeckt und wir begannen zu essen. Mir war so schwindelig, dass ich Angst hatte, unter den Tisch zu fallen. Ich konzentrierte mich eine Zeitlang angestrengt auf das Essen, um keine Fehler zu machen, aber da war es auch schon mit meiner Beherrschung vorbei. Ich kroch mitten im Essen unter den Tisch und fing an, hemmungslos herumzualbern. Ich wurde immer lustiger und konnte mich vor Lachen nicht mehr halten. Das war ja ein tolles Zeug, was ich da getrunken hatte!

Meine Mutter hatte dann als Erste die Idee: „Hast du schon mal Wein eingeschenkt?", fragte sie meine Tante. Die fiel aus allen Wolken und meinte: „Na, dann wissen wir ja, was los ist. Mücke ist betrunken!"

Ja und das war Mücke wirklich. Den Spitznamen Mücke hatte ich seit unserem Sylturlaub, weil ich so dünn war und oft so wenig sichtbar. Weil ich herumsummte und weil ich manchmal auch mit meinen Stichen nervte. Das passte gut zu mir und der Name gefiel mir. Er erinnerte mich an freie Sommertage und er machte mich stolz, weil er mich von meinen dicken Frauen abgrenzte. Da hatte ich wieder etwas Eigenes.

Meine Frauen waren sehr besorgt und beobachteten mich ganz genau, ich lachte weiter und weiter und es ging mir weiterhin sehr gut, sodass man mich dann irgendwann beruhigt ins Bett schickte, um meinen Rausch auszuschlafen.

***

Ein Jahr später, 1959, fuhr ich in den Herbstferien mit meiner Mutter an die Mosel. Wir waren erst in Cochem eine Nacht im Hotel und fuhren dann eine Woche nach Bernkastel-Kues. Da trank ich meinen zweiten Wein, in dem legendären Jahrgang, er schmeckte gut und war, so meine Mutter, „besser für das Kind als Coca-Cola".
Und bei den Winzern tranken die Kinder sowieso alle Wein. Am schönsten fand ich es, als ich ein Glas Wein aus Kröv probieren durfte. Die Flasche nahm ich mit nach Hause. Das Etikett war bemerkenswert: es zeigte den kleinen Jungen, der im Weinkeller vom Erwachsenen erwischt wird am Fass und der den blanken Hintern versohlt bekommt. Daneben der Spruch:

„Was Erwachsne rühmend loben, Moselwein, das edle Nass,
wollt' die Kröver Jugend proben, tief im Keller, Fass an Fass.
Der Küfer sah's mit Bangen, er wurde grob und barsch
und haut den kleinen Rangen den blanken nackten Arsch".

Na, die Lektion hatten mir meine drei Frauen wenigstens erspart. Ich hatte zwar schon manchmal eine Ohrfeige kassiert, aber für Weinklau nicht. Meistens, patsch, so meine Mutter: „Musst du immer das letzte Wort haben?!" Verstanden habe ich das übrigens nie, denn nach dem letzten Wort kommt doch sowieso immer das nächste. Aber das ist wohl auch so eine Eigenart der Lehrer. Und die liebte ich wirklich nicht so besonders. In der Volksschule. Später in der Oberschule hasste ich sie meistens.
Pünktlich zu Weihnachten bekam ich eine schwere Lungenentzündung: 42 Grad Fieber und Penicillin von Dr. Krüger aus der Feldstraße. Ich fantasierte und versuchte, meiner Mutter die Zeigerstellung einer Uhr zu erklären. Ich spürte, dass sie mich wie immer nicht verstand. Zwei Tage lang war ich im Fieberwahn, das war ganz schön

dicht dran und ich brauchte lange, bis ich wieder gesund war.

Der Schlitten, den ich geschenkt bekommen hatte, wurde erst mal im Wohnzimmer ausprobiert, aber als ich wieder raus durfte, war der Schnee weg.

In den Wochen nach der Krankheit bekam ich Höhensonne verordnet, was ich sehr liebte. Die Zeremonie war immer die gleiche: die kleinen roten Brillengläser am Gummiband aufsetzen, die Lampe wird eingeschaltet und die Uhr tickt jedes Mal ein paar Minuten länger.

Ich gewöhnte mir an, sie heimlich immer ein bisschen weiter zu drehen. So schön war es unter der Sonne, es roch nach verbrannter Haut und Sommer, das blässliche Licht erinnerte allerdings daran, dass ich nicht wirklich am Strand lag.

Mücke
im VW-Käfer
Richtung Süden

***

1960 war ein bemerkenswertes Jahr. Erst einmal bekam ich am 8. April einen Wellensittich, den ich „Pucki" nannte. Und dann war meine Volksschulzeit vorbei, ich war zehn Jahre alt. Es gab eine Prüfung am Ende der vierten Klasse, wir bekamen sehr viele Rechenaufgaben und eine Erzählung, die wir zu einem interessanten Ende führen sollten.

In der Erzählung kam ein „Hohlweg" vor und das war etwas, was es in Kiel nicht so wirklich gab. Ich machte einen Tagebucheintrag: „Ich möchte wissen, was die Kinder sich unter einem Hohlweg vorstellen. Das kennen die doch gar nicht!"

Na, Madame Oberschlau bekam eine Empfehlung zur Oberschule. Zuerst freute ich mich riesig, doch die Freude hatte bald ein Ende. Der erste Wermutstropfen war, dass Gudy nicht mitkam. Ihre Empfehlung lautete „Mittelschule" und damit war unser gemeinsamer Schulweg endgültig beendet. Ein Einwand von Gudys Eltern gegen diesen Beschluss wäre Revolution gewesen, das gab es nicht und sie sagten dann auch: „Sie heiratet ja sicher sowieso bald!".

Ich verstand das nicht wirklich, denn schließlich wollte ich auch mal heiraten. Natürlich schworen wir uns ewige Treue und das schien auch zu klappen, wir sahen uns weiterhin fast jeden Nachmittag. Manchmal holte ich sie mittags ab, wenn ich früher Schulschluss hatte. Ich hatte einen guten Grund dafür, und der nagte täglich an mir: sie hatte Jungen in der Klasse und mir schien die Mittelschule das Paradies auf Erden zu sein im Vergleich zu meinem langweiligen Mädchengymnasium.

Die Jungs hatten so interessante Namen wie Rolf, Willi und Jochen und sie waren wilde Gesellen. Die „Enkingschule" war genauso ein roter Backsteinbau wie die Hardenbergschule, lag genau daneben und war genauso zugig und schattig wie vorher in meiner ersten Klasse, nur sah ich das jetzt ganz anders. Viel lieber wäre ich auf diese Schule gegangen. Doch davon sagte ich zuhause lieber nichts, hatte ich doch gesehen, wie sehr sich meine Familie über die Einstufung zur Oberschule gefreut hatte.

Meine neue Schule am Ravensberg war die damals schon alte Ricarda-Huch-Schule, die wirklich neue Schule sollte schon bald gebaut werden.

Sie gefiel mir vom Bau her sehr gut. Am Schulhof, direkt an der Straße standen sechs große alte Kastanien, die ich sehr gerne mochte. Viele Nachmittage der Volksschulzeit hatte ich im Düsternbrooker Wald und am Niemannsweg schon mit diesen Bäumen verbracht.

Mein Lieblingssport war eine Zeitlang, in jedem Herbst mit dicken Knüppeln die glänzenden braunen Früchte vom Baum zu holen. Meine gezielten Würfe waren von Jahr zu Jahr besser geworden und so freute ich mich, meine Lieblingsbäume jetzt wieder täglich zu sehen. Ich freute mich im Frühjahr über die ersten Blätter, im Frühsommer über die Blüten und natürlich konnte ich mit meiner Geschicklichkeit beim Kastanienwerfen vor meinen Mitschülerinnen angeben. Die hatten so etwas sicher nie in ihrem Leben gemacht, kamen doch die meisten aus dem Düsternbrooker Villenviertel und waren mit Papis dickem Portemonnaie und Zugehfrau groß geworden.

Zum zweiten Mal in meinem Leben wurde ich Schüler zweiter Klasse: gerade war ich in der Sexta, da begann ich, zu kämpfen und ließ mir von meinen Mitschülerinnen nichts gefallen.

Im Klassenbuch stand „Beruf des Vaters" und dick und bedeutungsvoll wurde es von Herrn Schläger durchgestrichen und durch „Mutter" ersetzt. So etwas war nicht vorgesehen, alle anderen Mütter polierten in ihren Häusern am Niemannsweg die Parkettfußböden mit „Glänzer" und Staubmopp und dachten nicht im Traum daran, außer Haus arbeiten zu gehen.

Einige der Mädchen fanden recht schnell, dass sie etwas Besseres wären. Sie zogen bei unseren täglichen Auseinandersetzungen gerne von hinten an den Haaren und wenn ich mich umdrehte, um mich zu wehren, bekam ich den Ärger vom Lehrer und nicht sie. Das hatte ich schnell raus und so war es bald klar, was ich tun musste, um mein Ansehen in dieser Klasse zu verbessern: ich verprügelte die Übeltäterinnen mittags nach der Schule auf dem Spielplatz am Wasserturm. Immer eine nach der anderen, schön fair. Bald ließen die Angriffe nach, man ließ mich in Ruhe. Und nicht nur das: einige Freundinnen fand ich dann auch in dieser Schule: Uta zum Beispiel oder Birgit, Regine, Angela oder Gaby.

Die Schule war ein Altbau, aber schön hell gestrichen. Manchmal hatten wir nachmittags Unterricht, weil dann vormittags die Jungs aus der Hebbelschule kamen, der Oberschule für Jungen. Da war noch großer Platzmangel. Immer noch spürten wir die Folgen der Kriegszeit. Noch immer waren viele Schulen zerstört. Andere wurden gerade neu gebaut. Unsere Gebäude waren rechts und links aufgestellt, quer dazu in der Mitte die große Turnhalle. In der Mitte des u-förmigen Aufbaus war der Schulhof.

Ich liebte die Pausen, in denen wir unter den alten großen Kastanien mit einem Stöckchen Hinkekästchen auf die Erde malten oder Murmeln spielten. Ich durfte dann auch bald mitspielen, nachdem ich meine Position gesichert hatte.

Auch in diesem Spiel war ich schon bald sehr gut. Je besser meine Stellung wurde in dieser Klasse und je sicherer ich mich fühlte, desto aufsässiger wurde ich den Lehrern gegenüber. Schließlich hatte ich eine Rolle zu verteidigen: Ich wurde die Rebellin der Klasse. Eigentlich nur, um Aufmerksamkeit zu bekommen und von den Mädchen besser angesehen zu werden. Einige bewunderten mich jetzt tatsächlich.

Die Rebellion hatte Folgen: bald musste ich zum ersten Mal in der Ecke stehen, eine Stunde lang im Biologieraum, hinter dem Schrank mit den vielen Karten. Im rechten Gebäude waren die Fachräume, Biologie und Erdkunde, da waren wir täglich. Unser Klassenraum lag ganz oben unterm Dach mit großen Fenstern und mit Blick auf den Westring.

Herr Schläger machte seinem Namen alle Ehre. Er hatte einen Zeigestock, mit dem er uns nicht nur die Erdteile auf der Landkarte zeigte, sondern auch unsere Hinterteile versohlte. Oder es gab Schläge auf die Finger. Nie werde ich es verstehen, wie man so ein zartes Wesen wie eine Sextanerin schlagen kann, die kleinen Finger grün und blau prügeln.

Herr Schläger war Offizier gewesen unter Hitler. Weil man mit diesen jungen, verrohten Männern nicht wusste, wohin, war er schnell zum Lehrer ausgebildet worden, in einem Schmalspurstudium. Er unterrichtete Mathematik und Erdkunde. Mathe konnte ich nicht besonders gut, aber in Erdkunde hatte ich trotz meiner „Aufsässigkeit" eine Zwei.

Herr Schläger war mir körperlich so widerwärtig, ich konnte ihn wirklich nicht „riechen". In den Pausen lief er immer mit dicken Zigarren über den Hof, oft rauchte er auch im Unterricht. Noch heute ekelt mich der Geruch nach kalter Asche und Zigarre. Sein Gesicht war so grau wie sein Anzug und der so grau wie seine Asche. Ein ganz und gar extrem lebensfeindlicher Mensch sollte uns hier die Lust am Lernen wecken. Ein unmögliches Unterfangen.

An einem Tag kam die Lehrerin nicht, die unsere nächste Sportstunde machen sollte. Wir waren schon umgezogen und alberten in den Umkleideräumen herum, schafften uns die Ventile für den ständigen Überdruck.

Niemand kam und nach einer Weile kamen wir auf die Idee, den Dachboden über der Sporthalle zu untersuchen. Uns war klar, dass das sicher verboten war, aber es war auch sicher sehr spannend. Was wir fanden, hatte wir nicht erwartet: es waren alte Schulhefte. Wir kicherten beim Vorlesen der Aufsätze und fanden die Stunde ungemein gut. Leider kam dann doch noch die Lehrerin, entdeckte uns schnell und wir mussten alle zusammen eine Stunde nachsitzen. Das hatte sich trotzdem gelohnt, war es doch mal etwas ganz Verbotenes gewesen.

Die ersten Sommerferien auf der neuen Schule kamen und meine Mutter hielt wie immer ihr Versprechen vom Vorjahr: wir fuhren wieder nach Hörnum. Endlich wieder Ferien, endlich wieder Freiheit, endlich kein Herr Schläger mehr. Auch keine neidischen Ziegen. Inzwischen wohnten wir in Hörnum nicht mehr in der Strandstraße neben Götz und seinem Cockerspaniel „Hein Mück", dem ich einst meinen Spitznamen „Mücke" verdankt hatte.

Der Hund holte ihn täglich nach der Schule bei wechselnden Schulschlusszeiten am Bahnhof ab. Ich rätselte immer noch darüber, wie er das wohl wissen konnte, und fand ihn sehr schlau. Gerne fütterte ich ihn ab und zu mit einem Zuckerstückchen.

Spannend fand ich es immer, wenn die Lokomotive vom rollenden Dünenexpress an der Endstation in die andere Richtung umgedreht wurde, zwei Männer schafften das mit reiner Muskelkraft und einer runden Plattform, auf der die Lokomotive stand. Schon fuhr sie wieder in Richtung Westerland und ich wurde es nicht müde, die ganzen Ferien über jeden Tag mindestens einmal dabei zu sein.

In diesem Jahr waren wir im „Blanken Tälchen" zu Gast und ich fühlte mich sehr wohl dort. Unsere Wirtin hatte einen kleinen Terrier, „Peter", den ich oft mitnehmen durfte und so gewöhnte ich mich daran, mit ihm durch die Dünen zu strolchen oder am Hafen zu sitzen und die weiße

Flotte der Bäderschiffe zu bewundern. Peter fand das auch alles sehr aufregend.

Meine Freundin Gudy war alleine zu Hause geblieben, so wäre ich mal wieder ganz alleine gewesen, hätte ich nicht Peter gehabt. Zum ersten Mal hatte ich so etwas wie einen eigenen Hund. Ich liebte ihn sehr, obwohl er nach Schönheitsmaßstäben sicher durchgefallen wäre. Aber darauf kam es nicht an, er war bei mir und fand alles toll, was ich auch toll fand.

Der Urlaub war schön, doch er war zum ersten Mal anders als sonst: meine Mutter sagte mir, dass wir nach drei Wochen Sylt noch eine Reise in die Alpen machen würden. Erst war ich enttäuscht, weil sich damit die freien Wochen als Strandräuber halbieren würden, doch schließlich siegte meine Neugier und ich begann, mich auf die Reise in den Süden zu freuen.

Wir fuhren wieder nach Hause und schon nach wenigen Tagen fuhr ich mit meiner Tante und meiner Mutter im Zug von Kiel nach Mittenwald. In Hamburg stiegen wir in den „Alpen-Express" mit dem Schlafwagen und vor lauter Aufregung war an Schlafen nicht zu denken. Ich lag im mittleren Bett mit dem Kopf zum Fenster und sah hinaus, bis nichts mehr zu sehen war und selbst im Dunkeln schaute ich mir noch die vielen Lichter und die verschiedenen Bahnhöfe an.

Die Geräusche, die der Zug machte, das regelmäßige Rattern der Räder brachte mich dann irgendwann doch in den Schlaf. Feuerrot und riesengroß ging die Sonne auf, als ich wach wurde und ich hörte die Bahnhofsansage: „Augschburg, Augschburg, hier ist Augschburg!" Wo war ich denn hier gelandet? Niemand hatte mir bisher gesagt, dass die Bayern anders reden als Norddeutsche.

Ein riesiger Bahnhof erwartete mich in München und bald waren wir in Mittenwald. Ich stieg aus dem Zug und wollte fast sofort wieder nach Hause: Der Bahnhof liegt direkt am Fuße des Karwendelgebirges, und das ist über 2000 Meter hoch. Mehr als 1000 Meter Felsen also von meinem Standort aus nach oben. So etwas Heftiges hatte ich noch nie vor mir gesehen und ich fand es sehr beängstigend. Nur mühsam ließ ich mich beruhigen. Ich wurde mit der Aussicht auf eine schöne Pension getröstet, die meine Frauen gebucht hatten. Mit Kühen im Stall und einem riesengroßen Balkon, rund ums ganze Haus.

Tatsächlich wurden die Tage dann doch sehr aufregend. Als Erstes beeindruckte mich eine französische Familie, die mit uns im Frühstücksraum saß und jedes Mal ein Schlachtfeld auf dem Tisch hinterließ. Das Weißbrot wurde gebrochen, es wurde gekrümelt, Papierreste und Brotreste lagen überall, Marmelade klebte am Teller, so wollte ich auch mal essen. Das gefiel mir sehr und ich begann, mich für Frankreich zu interessieren. Ich fand auch sehr schnell eine Freundin, Ingrid. Sie war mit Vater, Mutter und Schwester Dagmar aus Ermsleben gekommen, ich wusste nicht einmal, wo das war.

Den Harz kannte ich von Fahrten mit meiner Mutter in den Herbstferien, wir waren da oft zum Wandern gewesen. Ermsleben lag aber auf der „anderen" Seite, hinter dem Brocken, den wir von Torfhaus aus sahen wie einen fernen Planeten, hinter dem „Eisernen Vorhang".

Wir verstanden uns aber trotzdem gut und spielten viel zusammen mit dem ganzen Zoo an Steifftieren, den ich mit auf die Reise genommen hatte. Eigentlich wollten wir uns im nächsten Jahr wieder sehen, aber da war schon die Mauer gebaut und so blieb uns nur der Briefkontakt.

Fast bis wir zwanzig waren, schrieben wir uns, dann riss der Kontakt ab und wir begannen beide, zu studieren. Erst 45 Jahre später sahen wir uns wieder. Sie wohnt inzwischen bei München, dort besuchte ich sie. Eine richtige deutsch-deutsche Freundschaft verbindet uns. Zerbrochen wie unser Land. Ich fuhr im selben Jahr auch zum ersten Mal wieder nach Mittenwald: die Pension gab es noch und sogar auch die Wirtin.

Tagsüber wanderte ich mit meiner Mutter und meiner Tante jeden Tag durch die Berge. Am schönsten aber fand ich es am hochgelegenen Lautersee und dem noch höher gelegenen Ferchensee. Tretboote gab es da und der Ferchensee war so tief flaschengrün und so tief in der Felsspalte zwischen den Bergen, dass ich im Wasser Angst bekam, obwohl ich inzwischen eine sehr gute Schwimmerin war. Immerhin hatte ich Freischwimmer, Fahrtenschwimmer und Jugendschein, doch schnell stellte ich fest, dass das Süßwasser der Bergseen mich bei weitem nicht so gut trug, wie die Nord- oder Ostsee.

Die hellen Bergwiesen faszinierten mich, ich liebte die kleinen Bergbäche, in denen ich meine Füße nach den Wanderungen kühlen konnte und ich liebte die hellbraunen Kühe mit ihrem Glockengeläute und ich fand auch die heftigen Berggewitter schön.

Vor denen hatte nun wieder meine Tante Angst, sie sauste oft rasend schnell den Weg nach unten, um sich in Sicherheit zu bringen.

Bustouren wurden gebucht und so besuchten wir Neuschwanstein und das Kloster Ettal. Mir wurde mal wieder schlecht in dem schaukelnden Bus und als meine Mutter den Busfahrer fragte, ob ich mal an die frische Luft könne, meinte der nur: „Das haben wir gleich!" Er hielt den Bus an und setzte sich mit mir in den Straßengraben. Aus der Jacke zog er eine kleine Flasche mit Enzian, gab mir einen Schnaps und meinte: „Gleich wird's besser!"

Wir blieben noch einen Moment draußen sitzen, alle im Bus riefen, ihnen sei auch schlecht, aber nach kurzer Zeit konnten wir weiterfahren. Es hatte mir tatsächlich geholfen!

Im Radio wurde zu dieser Zeit oft gespielt: „Schnaps, das war sein letztes Wort ...!" Nun wusste ich, was das bedeutete. Das war ja richtige Medizin!

Ein bisschen schwul, na und?

***

Immer häufiger kam 1961 Horst zu Besuch, ein Freund meiner Mutter. Er war Lehrer wie sie und gab Deutsch und Sport an einem Jungengymnasium. Ich wunderte mich nicht weiter, weil ich dachte, er wäre ein Lehrerkollege wie die vielen anderen Lehrer und Lehrerinnen, die bei uns aus und ein gingen.

Irgendwann merkte ich, dass es anders war. Meine Mutter hatte ab und zu Freunde gehabt, die sie mal abholten, zu Fuß, mit der Straßenbahn, in der Isetta oder im Goggomobil. Was richtig Ernstes war aber nicht dabei. Nie war einer darunter, der auch mich mal mitgenommen hätte.

Vielleicht hat meine Mutter darüber nachgedacht, vielleicht auch nicht. Aber Horst war nett. Der machte Späße mit mir, neckte mich und oft brachte er schöne Mayonnaise-Salate zum Abendbrot mit. Es gab Toast dazu, denn wir hatten inzwischen einen Toaster. Vorbei die Zeit, in der das Weißbrot an der Gabel über der Gasflamme des Herdes geröstet wurde. Oft wurde es schwarz, was, wie man heute weiß, nicht so besonders gesund ist. Sehe ich eine Gasflamme, fällt mir sofort der blecherne Esslöffel ein, mit dem Honig drin, der über der blauroten Flamme heiß gemacht wurde. Mit dem kleinen Teelöffel wurde der große Löffel dann von mir ausgelöffelt, eine Prozedur, die ich absolut nicht leiden konnte, zu der ich aber von meiner Familie immer wieder gezwungen wurde. Immer dann nämlich, wenn ich Husten hatte und das war ziemlich oft. Vielleicht wegen der Ratschläge meiner Frauen, mich immer warm anzuziehen. Meist tat ich des Guten zu viel und es folgte mit Sicherheit die Erkältung.

Horst und meine Mutter gingen viel aus. In den Wintergarten in der Brunswik, in die Florida-Bar in der Dänischen Straße, in die Astor-Bar hoch oben über Kiel, wo man im Sommer bei geöffnetem Schiebedach unter freiem Himmel tanzen konnte. Das war sehr mondän und meine Mutter liebte diese Ausflüge.

Oft brachte Horst Freunde mit, die dann auch bei uns zum Abendessen blieben. Eine lustige Zeit begann, die ich sehr schön fand. Unser Leben war abwechslungsreicher geworden, wieder einmal fand ich, dass ein Mann das Leben schon bereichern kann.

In den Sommerferien machten wir wieder den gleichen Plan wie im letzten Jahr: drei Wochen Sylt, dann ein paar Tage zu Hause, dann drei Wochen Mittenwald. Sylt war schön wie immer, dann fuhren wir nach Hause und ich fuhr mit meiner Tante allein nach Mittenwald.

Meine Mutter kam mit Horst im VW-Cabrio ein paar Tage später hinterher. Und dann folgten lustige Fahrten im Cabrio durch die Berge. Horst fuhr sehr gut, aber in jeder Kurve schrie meine Tante und es war für mich ein köstliches Vergnügen, mitzukreischen. Rechts war der Abgrund, links der Berg, die Steigung war zum Teil mit 15 % ganz gewaltig für uns Flachländer und es sah schon etwas gefährlich aus. Ich fühlte mich aber absolut sicher bei diesem Mann und hatte nicht die geringste Angst. Sicherheitsgurte gab es noch nicht in diesem Auto. Wir fuhren nach Kühtai, wo es im Juli schneite, wir fuhren an den Achensee nach Pertisau, durch das Inntal, wir fuhren überall herum.

Gewandert sind wir nun nicht mehr so viel, es war spannend, die Gegend mit dem Auto zu entdecken, so etwas kannte ich ja gar nicht. Trotzdem bestiegen wir am 6. August 1961 die über 2200 Meter hohe Brunnsteinspitze. Meine Tante war 48, eine starke Leistung!

Unglaublich der Blick von oben und unglaublich das Gefühl, so einen Berg bewältigt zu haben.

Ich lachte leise über meine Angst im letzten Jahr, als ich die ersten Berge meines Lebens sah.

Trotzdem hatte ich auch Angst, als ich da ganz oben stand. Wieder erinnerte ich mich an meine Angst im Riesenrad. Wieder dachte ich, der Berg rutscht unter mir weg und ich bleibe in der Luft stehen. Ich wollte dann doch lieber schnell wieder nach unten, in sicheres Gelände. So vertraut war mir die Bergwelt nun doch noch nicht.

Ich hatte ein Tagebuch bekommen, aber ich schrieb nichts Wichtiges hinein. Da war ich nie sicher, ob das nicht jemand lesen würde. Besser war schon Unverfängliches.

So schrieb ich am 16. Juni 1961: „Heute haben wir eine Mathearbeit geschrieben. Ich habe bestimmt wieder eine Fünf, denn mir fehlen die 9. und die 10. Aufgabe und die 8. habe ich nicht ganz fertig bekommen." Und unter dem Datum 24. Juli 1961, als wir wieder in Mittenwald waren, trug ich ein: „Es ist ein neuer Knecht da! Toni heißt er! Na, ich bin gespannt."

Mein geheimes aufregendes Leben entwickelte sich nämlich jetzt abends, wenn die Kühe von der Bergweide in den Stall unserer Pension kamen und gemolken wurden. Die Erwachsenen saßen auf dem Balkon, lasen in ihren wichtigen Büchern, genossen die Abendsonne und ich war bei Toni. Toni, der Stallknecht, war kaum 18 Jahre alt. Schnell merkte er mein Interesse an der Landwirtschaft und an ihm.

Als Erstes brachte er mir bei, wie man die zarten Euter der Kühe sanft massiert, bis der dicke Strahl heißer Milch aus den weichen Zitzen heraus in den Eimer schoss. Dann wollte er mir sicher beibringen, wie man das Gleiche bei ihm macht. Er ging mit mir auf den Strohboden, um Stroh für die Kühe durch eine Luke hinunterzuwerfen. Ahnungslos, aber auch erregt ging ich mit. Wir setzten uns ins Stroh und da bat er mich mit rauer Stimme, ob er mein Höschen hinunter ziehen und mich ansehen dürfe.

Erst später wurde mir klar, dass der im katholischen Mittenwald sicher noch keine Gelegenheit gehabt hatte, Doktorspiele zu machen, wie wir das im liberalen Norden schon mit sechs Jahren erforscht hatten. Da kam ich ihm als Fremde sicher gerade recht. In dem Moment hatte ich aber nur einen Gedanken: ich hatte, im Gegensatz zu meiner Freundin Gudy, die ich mal wieder glühend beneidete, noch keine Haare an der Scheide und schämte mich, dass er sicher denken würde, ich sei noch ein richtiges Kind. Das wollte ich auf keinen Fall riskieren und so lehnte ich da lieber ab.

Lange danach habe ich noch darüber nachgedacht und auch nächtelang davon geträumt, was er dann wohl mit mir gemacht hätte, wenn ich ihm das erlaubt hätte. So ganz sicher war ich mir nämlich nicht, wie das mit Mann und Frau so vor sich geht, obwohl ich das Aufklärungsbuch meiner Mutter, es hieß „Unter vier Augen", genau studiert hatte. Heimlich natürlich, weil sie es vor mir ebenso heimlich hinter den Büchern im Regal versteckte. Natürlich hatte ich es gefunden, ich war ja oft genug allein, wenn meine Frauen einmal wöchentlich zum Singen in die Kirche gingen. Aber die theoretischen Abbildungen warfen mehr Fragen auf, als sie Antworten gaben.

Meine Mutter hatte von ihrer Mutter ebenso wenig erfahren. Als sie schwanger war, so erzählte sie mir einmal, als ich schon erwachsen war, habe sie die Mutter gefragt, wie das denn sei mit dem Kinderkriegen. „Na, wirst schon sehn", sei die Antwort meiner Großmutter gewesen. Klar, dass sie dann im Aufklären selber auch nicht so besonders gut war. Aber schließlich konnte ich das auch alles selber lernen. Sehr stolz war ich schon, dass Toni mich so etwas gefragt hatte. Ich merkte daran, dass ich erwachsen wurde.

Am 28. September 1961 gab es Zeugnisse: Mathe 5, Erde 2. Beides bei Schläger. Der Rest war normal, 2 oder 3. Nur Musik und Religion 4. Zeichnen 2, das freute sicher den Papa.

Kurz danach, am 18. Oktober, kugelte sich Birgit beim Barrenturnen den Arm aus. Da standen wir, lauter kleine Mädchen in weißem Feinripp-Unterhemd und schwarzen Höschen. Sie war dran und machte eine Rolle nach vorne, ließ aber den einen Arm nicht mitgehen sondern wollte sich am Barren festhalten und schon war es passiert. Der Arm stand hoch, der Arzt kam und renkte ihn mit geübtem Griff wieder ein. Birgit durfte nach Hause gehen. Als wir später unter den Kastanien standen und darüber sprachen, waren wir uns einig, dass wir niemals jemanden so schreien gehört hatten. Wir waren beeindruckt.

***

Meine Mutter hatte es sich angewöhnt, die Lebensmittel bei „Lass", einem Delikatessenladen in der Feldstraße zu bestellen. Sie wurden gebracht und zwar von Walter.

Er war hübsch und hatte blondes, gewelltes Haar. Er lächelte mich immer sehr schüchtern an, redete aber nicht viel. So richtig was anfangen konnte ich mit dieser Art nicht und so schwärmte ich nur kurze Zeit für ihn. Aber ganz neu war für mich die riesige Vorfreude auf das Wochenende, dieses Kribbeln im Bauch, das mich erfasste, wenn ich nur an ihn dachte. Er kam immer sonnabends zu uns.

Zu meinem 12. Geburtstag bekam ich von meinen Lieben: Einen Globus (den ich heute noch habe!), die Bücher „Die Orchidee vom Rio Teia", „Koss der Waldhase", ein Mecki-Buch und das „Werkbuch für Mädchen" (wie passend zu meiner erotischen Entwicklung). Dazu zwei Garnituren Unterwäsche weiß Feinripp, ebenso erotisch. Schallplatten gab es nicht. Schade, dabei hörte ich sie so gerne, die

Schlager des Jahres: „Marina", „Ramona", „Pigalle", „Ein Schiff wird kommen", „Der Mann im Mond", „Deine roten Lippen", „Der alte Häuptling der Indianer", „Mylord", „Zuckerpuppe", „Die Liebe ist ein seltsames Spiel" ... und die ganz besonders, da sang ich immer mit Inbrunst mit, wenn das im Radio kam. Ich spürte es, da kam etwas ganz Gewaltiges auf mich zu.

1962 fing gut an, mit einer Strafarbeit. Abschreiben der Schulordnung. Zum ersten Mal. Wie oft ich sie dann insgesamt noch an der Ricarda-Huch-Schule abgeschrieben habe, weiß ich nicht mehr. Aber irgendwann konnte ich sie fast auswendig. Daran halten wollte ich mich aber eher nicht.

Susanne aus Dänemark kam in unsere Klasse. Sie konnte kaum Deutsch und auch nur sehr wenig Englisch. Ich besuchte sie in Stift. Dort standen hinter dem Dorfteich mit dem Gutshaus nur ein paar moderne Häuser am Waldrand, sonst nichts. Ich war beeindruckt, sie hatten eine ganze Haushälfte für sich alleine. Wir gingen spazieren und alles war matschig, alles war Baustelle. Im Wald fragte sie mich nach meiner „Menstruation", englisch ausgesprochen.

Ich tat so, als ob ich sie nicht verstehen würde. Das fehlte mir gerade noch, zuzugeben, dass da noch nichts passierte.

Wieder war Gudy mir weit voraus, sie hatte ihre Regel schon und zeigte mir stolz den schmalen Hüftgürtel, an dem sie ihre Binden befestigt hatte. Natürlich bewunderte ich sie wieder glühend. Dafür hatte ich ihr beigebracht, wie das mit dem Orgasmus geht. Wenigstens da hatte ich die Nase vorne gehabt. Wir konnten gar nicht genug davon kriegen, uns die Liebe langsam beizuringen. Das mit den Männern schien ja noch zu dauern.

***

Meine Mutter kaufte immer häufiger bei „Defaka" ein, für meinen Geschmack zu viel.

Später erfuhr ich, dass sie anfing, Schulden zu machen für die Kleider, die sie kaufte.

Es gab noch die großen Kaufhäuser, neben „Defaka" waren das „Karstadt", „Merkur" und „Weipert", überall begann die Werbung zu locken und zu verführen.

Alles ist verlockend, selbst die Drogerie von Herrn Schaedla bei uns nebenan oder die von Herrn Jondro, Ecke Esmarchstraße/ Feldstraße. Gerne ging ich in diese Geschäfte, ich liebte diesen Geruch nach Parfum, Seife und Waschpulver. Auch den Schumacher neben der Drogerie Jondro besuchte ich oft. Wir gaben ab und zu unsere Schuhe dort zur Reparatur und ich riss mich darum, sie wegzubringen und wieder abzuholen. Auch hier sog ich den Geruch mit allen Sinnen auf. Ich gewöhnte mir an, überall nach Proben zu fragen. Oft machte ich mit Gudy regelrechte Beutezüge.

Manchmal bekamen wir sogar kleine Lippenstifte.

Im Kino lief zu der Zeit „So liebt und küsst man in Tirol" und „Musik ist Trumpf" mit Bill Ramsey, Lolita und Rex Gildo, für den ich schon eine Weile schwärmte. Horst grinste, als er das mitbekam und meinte, der wäre „vom anderen Ufer", den solle ich man besser vergessen. So ganz verstand ich das nicht, aber egal. Ich fand Rex Gildo trotzdem süß.

Oft kam uns nun Klaus-Dieter besuchen, ein Freund von Horst. Der war schon fast 18 und richtig niedlich. Wir flirteten heftig miteinander und einmal kam er plötzlich abends in mein Zimmer, gute Nacht sagen. Ich lag im Bett, das Perlon-Shorty an mit den kurzen Höschen und hatte das Licht schon ausgemacht. Im Wohnzimmer nebenan waren Gäste, Horst und auch ein paar andere Männer. Wir hörten lautes Lachen und niemand schien Klaus-Dieter wirklich zu vermissen. Zart fing er an, mich zu streicheln, ich wurde ganz starr, fast blieb mir der Atem weg. Mir wurde plötzlich wahnsinnig heiß unter meiner Decke, er legte sich dazu, fasste meine Taille ganz weich und zart an und zog mich zu sich heran. Ich glaube ich werde ohnmächtig, dachte ich nur, als ich spürte, wie seine Hände ins Perlonhöschen tiefer gingen. Die Finger spielten mit meiner Scheide, er zog mir das Höschen runter, ich spreizte die Beine. Er fasste meinen Kitzler und rieb vorsichtig daran. Plötzlich nestelte er an seiner Hose, nahm meine Hand und führte sie zu sich herüber. Nun hatte ich seinen Schwanz in der Hand, zum ersten Mal im Leben spürte ich das pulsierende Leben und staunte darüber, wie hart und steif der war.

Schnell begriff ich, was er wollte. Er führte mir liebevoll die Hand. Ganz langsam rauf und runter, nicht schwer zu lernen. Mit der anderen Hand berührte er meinem Kitzler und seine Finger bewegten sich heftiger. Ich stöhnte leise, hatte Angst, dass jemand käme. Aber ich wollte noch nicht aufhören mit dem schönen Spiel, noch nicht!

Das kannte ich ja schon von meinen früheren Duschexperimenten, vorsichtig sein und wachsam, um nicht überrascht zu werden. Ganz entspannt genießen konnte ich da natürlich nicht, aber es war ein wunderschöner Moment in meinen Leben:

Ich kam in gewaltigen Wellen, auch er fast im selben Moment, es war das erste Mal, dass ich mit einem Mann im Bett lag, der erste Orgasmus, den mir ein Mann machte. Na ja, fast ein Mann. Erwachsen wurde man ja erst mit 21.

Wir blieben noch eine Weile atemlos nebeneinander liegen, dann küsste er mich zart und sagte: „Ich gehe lieber. Bevor uns jemand erwischt!"

Ich war wie elektrisiert, konnte die ganze Nacht nicht mehr schlafen und staunte darüber, wie schnell ich verstanden hatte. In meinen Träumen erschien Klaus-Dieter jetzt öfter, vor allem abends beim „Duschen". Die Bilder, die er mir in den Kopf gepflanzt hatte, blieben ein Leben lang. Sehr froh bin ich heute noch, wie zart und liebevoll ich in die Liebe eingeführt wurde. Gudy erzählte ich das lieber erst mal nicht.

Nach einigen Monaten erfuhr ich, dass Klaus-Dieter zur Marine gegangen war. Er fuhr um die Welt, manchmal bekam ich Briefe aus Spanien, Südamerika, Panama. Auf dem Atlas verfolgte ich seine Route und träumte von unserem gemeinsamen Erlebnis.

Im „Regina" lief zu der Zeit „Das Haus in Montevideo" – ich dachte in dem Moment daran, dass Klaus-Dieter vielleicht gerade in Südamerika war.

Am 18. Februar fuhr ich mit Gudy und ihren Eltern zum ersten Mal nach Dänisch-Nienhof. Der wilde Wald mit seinen vielen umgestürzten Bäumen und den hellen Lichtungen beeindruckte mich sehr. Bei „Merkur" tranken wir Milch-Mix mit Ananas.

Ich baute viel mit Legosteinen, aber auch viele „Fallerhäuser". Als mir das nicht reichte, begann ich die Pläne der Häuser zu zeichnen. Ich betrieb ein regelrechtes „Architekturbüro", mit Grundrissen, Inneneinrichtung, Rechnungen für die Möbel. In einem Schulheft war alles vermerkt, was mein Büro brauchte. Das ging eine ganze Weile so, wie immer war ich eine Zeitlang wie besessen von meinem neuen Hobby.

Aus dem Jahre 1962 habe ich auch noch ein Tagebuch, das mich vieles erinnern lässt, was damals, als ich 12 Jahre alt war, mein tägliches Leben und Erleben war.

Unter dem Datum 10. März 1962 notierte ich: „Ingrid schickt mir einige Bilder von ihrem Haus, ihrer Schwester Daggi und von sich selbst mit. Ich werde ihr gleich morgen schreiben." Noch immer schrieben Ingrid - meine Urlaubsbekanntschaft aus der DDR - und ich uns regelmäßig.

Gudy und ich gingen damals im März 1962 rodeln, spielten Kosmetiksalon und bauten immer wieder Fallerhäuser. Wie richtige Kinder. Unser geheimes Leben fand inzwischen auf dem Dachboden statt. Dort machten wir immer noch schöne Doktorspiele, die Erwachsenen sahen uns, wenn sie mal hochkamen, immer nur mit Puppen spielen. Erwischt wurden wir nie. Dazu war unser Gehör zu gut.

Am 17 März schrieb ich ins Tagebuch, dass mein Zeugnis schlechter wurde: Wie immer Mathe 5, Erde 2, aber dann Musik und Reli 4 und alles andere nur noch 3. Ordnung: 4.

Ein Glück, das es diese Zensur heute nicht mehr gibt.

Nach den Ferien kam ich wieder in eine neue Schule, die Fünfte in meinem jungen Schülerleben. Die neue Ricarda-Huch-Schule war fertig, die Oberschule für Mädchen, ein moderner Zeilenbau aus rotem, hellem Backstein, mit lichten Gängen, großen Fenstern und einem schönen großen Pausenhof. Am Ende des Schulhofes wurde die „Freimilch" verteilt, die ich jetzt immer bekam, nicht weil ich so bedürftig gewesen wäre, sondern, weil niemand die Freimilch wollte. In meiner Klasse war es schick, Kakao zu trinken. Ich mochte ihn nicht und trank deshalb gerne die Freimilch. Wir sammelten die kleinen silbernen Stannioldeckel, bis wir ein Kilo zusammenhatten, es gab einen Groschen dafür.

Manchmal klaute ich von meiner Mutter ein paar der 50-Pfennig-Stücke, die sie in einem Holzschächtelchen aufbewahrte. Sehr oft „vergaß" ich in den ersten Monaten in der neuen Schule mein Pausenbrot. Meine Großmutter kam eine Zeit lang fast täglich wie ein kleiner Gruß von zu Hause und wie ein Bote einer längst vergangenen Welt. Sie wartete in ihren dunklen Kleidern an der Schule vor dem Tor und brachte mir mein Brot hinterher.

Später dachte ich, dass ich sie wohl nur deshalb „gerufen" hatte, weil ich mich auf der neuen Schule wieder sehr einsam fühlte. Vielleicht hatte sie das gespürt und spielte deswegen mein Spiel mit.

An der Ecke gegenüber war ein kleiner Krämerladen, da gab es die bunten Gummibärchen für einen Pfennig das Stück. An manch einem Morgen war ich dort und ließ die Verkäufer bis hundert zählen. Auf dem Schulhof wurde überall Gummitwist gespielt. Herr Schläger hatte nun ein eigenes Zimmer, in dem es immer noch ekelhaft nach kalter Zigarrenasche stank. Oft musste ich da hinein, wegen irgendeiner Strafpredigt. Wenn das nicht half, dann musste ich wieder die Schulordnung abschreiben.

Einmal fand ich das mit der Schulordnung angemessen: ich hatte mit der Schere blitzartig diverse Gummi-Twister auf dem Schulhof durchgeschnitten, weil sie mir auf die Nerven gingen, und freute mich diebisch.

Angela wurde meine Freundin, die war genauso ein Rabauke wie ich. Regine, meine andere Freundin, begann heiße Geschichten zu erzählen, von Jungen, die sie nachts in ihr Zimmer ließ, sie wohnte ebenerdig bei der Schlieffenallee, meinem alten Revier. Ihr Zimmer hatte eine Tür zum Garten. Ob das alles stimmte, was sie erzählte oder ob das eher ihrer Fantasie entsprang, wussten wir nicht genau, aber es interessierte uns brennend. Meine wahren Geschichten behielt ich dagegen lieber für mich.

Mein Tagebuch zeugt auch davon, dass ich mir am 22. März 1962 eine Dauerwelle machen ließ. Ich fand meine glatten braunen Haare fürchterlich, doch mit Dauerwelle gefiel ich mir noch weniger.

Am nächsten Abend musste ich, wie so oft, in die Kirche. Meine Frauen sangen die Matthäuspassion. Kommentar im Tagebuch: „Langweilig". Am 29. März hatte Gudys Vater Geburtstag und wir sahen „Hochzeit auf Immenhof".

Am 2. April begann das Leben in der Quarta. Ich bekam weiße Schuhe fürs Frühjahr und flüssige weiße Schuhcreme mit einem kleinen Bürstchen zum Weißen. Dazu durfte ich schon Seidenstrümpfe tragen, es gab noch keine preiswerten Strümpfe ohne Naht und ich fand es sehr schwierig, die Naht immer gerade zu ziehen.

Manchmal kam ein präparierter Wal auf den Blücherplatz, der beeindruckte mich immer sehr. Er lag auf einem langen Transportwagen, die Sicht war mit Planen verdeckt und man musste natürlich bezahlen, um ihn betrachten zu können. Das tat ich jedes Mal, wenn er kam, so riesig war er und so eindrucksvoll. Ich studierte sein großes Maul, seine Barten und die Fluke. Dass es so ein großes Lebewesen gibt, faszinierte mich.

Am 3. Mai übernahmen wir einen Schrebergarten. Da, wo heute die Kieler Müllverbrennungsanlage steht. Gegenüber ist da jetzt Plaza. Bald waren wir täglich da, auch Gudy kam fast immer mit. Am Ende, hinter den Himbeeren, haben wir sofort eine Höhle gebaut. Dicht versteckt, wo die Erwachsenen nicht hinkommen konnten.

Den 13. Mai malte ich in meinem Tagebuch schon mit Herzchen: Peter, auch ein Freund von Horst, war wieder da. Kennen gelernt hatte ich ihn am 2. Mai und schon war ich heftigst verliebt. Erst siezte ich ihn, doch er protestierte: „Ich bin doch erst 22, kaum älter als du!" Er wurde meine erste große Liebe. Leider war er auch die von Horst, aber das störte mich wenig. Er kam bald sehr oft zu uns.

Untertertia: fünf Fünfen und eine Sechs

***

4 85 93 war unsere erste Telefonnummer. Am liebsten hörte ich heimlich die Zeitansage 119, die ich sehr oft anrief: „Beim nächsten Ton des Zeitzeichens ist es zehn Uhr, zehn Minuten und zehn Sekunden – biiiep!" Irgendwie hatte ich immer das Gefühl, dass da jemand bei mir war, wenn ich die Stimme hörte.

Nach der Schule wurden nun mit diesem Telefon die wichtigen Informationen über die Schularbeiten ausgetauscht, Verabredungen waren nun ebenfalls auf diese Weise möglich. Eine neue Welt tat sich mir auf.

Im Sommer 1962 fuhren wir wieder nach Hörnum, erst waren wir in einer Pension, dann auf dem Zeltplatz. Ich zeltete zum ersten Mal, Peter war dabei.

Meine Mutter und ich hatten ein kleines Zelt. Wir lachten viel über das Nomadenleben. Aber es gefiel uns gut. Unser Lieblingslokal am Weststrand war immer der „Wassermann". In diesem Winter war es, wie schon in vielen Wintern davor, von der Düne abgestürzt. Diesmal war es aber nicht wieder neu aufgebaut worden, so gab es keine Sonnenuntergänge mit Apfelsaft mehr. Ich baute immer noch Höhlen im Sand, wie ein Kind und war heftigst verliebt, wie eine Erwachsene. Peter forderte mich abends in der „Kajüte" gleich unter dem „Seepferdchen" zum Tanzen auf - zum ersten Mal tanzte ich mit einem Mann in der Öffentlichkeit. Gespielt wurde dazu „Sag' mir quando, sag' mir wann".

Ich verging vor Glück und reihte dieses Musikstück in die lange Kette der Stücke ein, die ich auf immer mit einer bestimmten Situation verbinde. Danach kam „Heißer Sand" und damit konnte meiner Meinung nach eigentlich nur Sylt gemeint sein. Einmal küsste mich Peter auf die Wange und einmal sogar auf den Mund.

Im Tagebuch wurde nun nur noch mit rotem Kugelschreiber geschrieben, so schön war die Welt. Tagsüber waren wir wie immer am FKK-Strand, die Strandkörbe dort vermietete Herr Schwanz. Der hieß wirklich so und er führte ein sehr strenges Regiment mit uns lustigen Menschen. Abends gingen Peter und meine Mutter alleine zum Tanzen in die „Künstlerklause" oder in die „Seekiste". Eifersüchtig und einsam blieb ich alleine im Zelt zurück.

Auch nach den Sommerferien blieb das Leben interessant: „Cassata"-Essen bei Toscani, „Das Tagebuch der Anne Frank", Krebse angeln in Bellevue, Radio Luxemburg täglich und mein Englisch wurde dadurch immer besser. Auf dem Holzbrett an der Wand mit den schwarzen Metallbügeln hatte ich nun ein eigenes Radio stehen, aus hellem Holz, Marke „Grundig". Direkt neben meinem Bett.

Die Lieder der Bands waren alle auf Englisch und ich versuchte, sie zu verstehen. Ich fand auch die Sprache spannend, erschloss sie mir doch die neue und faszinierende Welt der Beat- und Rockmusik. Im Herbstzeugnis hatte ich nur eine Fünf in „Ordnung". Gut, dass meine Kinder dafür schon keine Zensur mehr bekamen. Oft denke ich, es ist fast das Einzige, was sich an den Gymnasien verändert hat in all den Jahren.

Ach ja, die Prügelstrafe wurde irgendwann abgeschafft, ein voller Gewinn.

In den Herbstferien waren meine Mutter und ich im Harz, wir wanderten sehr viel und ich liebte die dunklen Wälder und die hellen Bergwiesen.

Danach fuhr meine Mutter noch ein paar Tage weg. Oma schimpfte mit mir, wenn ich wegging: „Ich geh zur Polizei, wenn du dir wirst rumtreiben!!" Recht hatte sie, rauchte ich doch in diesem Herbst meine erste Zigarette, geklaut aus der Ernte-23-Schachtel meiner Mutter. Ich schwärmte weiterhin für Rex Gildo, aber auch für Anthony Perkins, Gus Backus, Freddy Quinn und – Brigitte Bardot. Ich sah im Fernsehen bei Gudy „77-Sunset-Strip" mit „Kookie", „Musik aus Studio B" mit Chris Howland und mit meiner Oma im Kino „Vom Winde verweht".

Bücher wurden für mich extrem wichtig. Kaufen konnten wir sie nicht immer, schon gar nicht, weil ich in rasender Geschwindigkeit las. „Du verschlingst sie ja geradezu", sagten meine Frauen erstaunt. Also gewöhnte ich mich an die Bücherei. Am Blücherplatz gab es das große Schreibwarengeschäft „Plön", die handelten mit Büchern, aber sie hatten auch eine Leihbücherei. Dort wurde ich Stammgast: jede Woche holte ich mir zehn neue Bücher.

„Der 17. Sommer" war eine Liebesgeschichte, das waren so die Gefühle, die ich jetzt schon mit 12 hatte. Wieder und wieder tauchte ich in die Fantasiewelten ab, die so ganz anders waren, als mein tägliches Leben.

Begeistert sah ich damals auch den Breitwand-Film „Traumstraße der Welt", ausnahmsweise mal mit meiner Mutter. Wir hörten zum ersten Mal Stereo im Kino und sahen, was die neue dreidimensionale Filmtechnik bedeutete. Fast als wäre man selber in den Karren, die auf Madeira die steilen Straßen hinabfuhren. Einige im Zuschauerraum kreischten, so real war das Erleben. Dazu Musik aus allen Ecken, ganz etwas Neues.

***

Der Winter 1963 bot nun etwas Besonderes, etwas, was ich noch nie gesehen hatte: die Kieler Förde fror zu. Zum ersten Mal seit 1948. Und zwar lange, bis Ende März.

„Es ist mein schönster Winter" schrieb ich in mein Tagebuch. Ich war täglich auf dem „Kleinen Kiel" oder auf dem Tennisplatz zum Schlittschuhlaufen. Der Platz wurde abends ein wenig mit dem Wasserschlauch gewässert und über Nacht gefror dann wieder die schönste glatte Eisfläche für uns zu. Besonders schön waren die wilden Spiele mit den Jungens, jeden Nachmittag gleich nach dem Essen Ticker oder „Kolumbus". Dabei fing einer den Zweiten, die beiden fingen den Dritten und so weiter, bis eine lange Kette den Letzten fangen musste.

Manchmal hing ich an der Hand eines starken Jungen, der mich sicher über die Eisfläche sausen ließ und ich versuchte nur noch, auf den Beinen zu bleiben.

In der Schule schrieb ich einen Aufsatz mit dem Thema: „Wie man gut, schnell und sorgfältig abwäscht". Das war sicher etwas, was mich „brennend" interessierte, aber so war Schule in dieser Zeit: sie hatte nichts mehr mit dem wirklichen Leben zu tun. Nie hätten unsere Lehrer im Englischunterricht einen Text unserer Rockmusik mit uns interpretiert. Oft musste ich im Religionsunterricht, weil ich geschwatzt hatte, kleine Absätze aus der Bibel vorlesen. Einmal hatte ich statt des angegebenen Textes mutwillig den Absatz mit Onan vorgelesen, der seinen Samen auf den Boden fallen ließ. Unsere Religionslehrerin vergaß vor Schreck, mich aus der Klasse zu verweisen und machte weiter, als wäre nichts geschehen. „Coole Reaktion" würde man heute sagen.

Der Winter war vorbei und ich hatte wieder ein neues Hobby: ich lernte Fahrrad fahren. Wieder hatte der Krieg verhindert, dass ich das in einem normalen Alter lernte: meine Frauen hatten noch immer Angst um mich gehabt und verhinderten so eine normale Entwicklung. Andere Kinder lernten mit vier Jahren Radfahren oder sogar schon mit drei. Ich dagegen musste noch mit 13 meine ganze Überzeugungskunst aufbringen, um das Rad von meiner Tante zu erbetteln.

Bis zum Schluss sagte sie mir, wie gefährlich das sei. Trotzdem bekam ich es und weg war ich, wie der Blitz. Wieder hatte sich mein Radius kräftig erweitert. Ich las jetzt jede Woche die „Bravo" und die „Leg auf", lernte alles über meine neuen Idole, die Beatbands. Ich kaufte die Schallplatten meiner neuen Lieblingsband, der „Beatles": „She Loves You" und „I Want To Hold Your Hand". Ahnte nicht, dass ich diese Musik mein ganzes Leben lang wunderbar finden würde. Aufregend, aufwühlend, befreiend. Typisch für meine Zeit, typisch für meine ganze Nachkriegsgeneration.

Der unaufhaltsame Aufbruch aus dem Mief der Nierentische und der 50er Jahre hatte begonnen. Statt gelber Sinalco oder Apfelsaft trank ich jetzt Coca-Cola. Im Sommer bekam ich zum ersten Mal meine Regel. Meine Mutter war nicht da und von meiner 50jährigen Tante bekam ich ihren Gürtel, an dem ich eine Binde befestigte.

Der Gürtel von ihr war viel zu groß und ich musste ihn mit einer Sicherheitsnadel verkleinern. Eigentlich hätte man das vorhersehen können, dass ich irgendwann einmal soweit sein würde. Gut vorbereitet auf dieses Ereignis hatte man mich somit gar nicht.

Aber wie man mit Blechdosen für den 17. Juni sammeln geht, das lernten wir sehr gut.

***

Im Sommer 1963 waren wir wieder auf Sylt, und auch wieder auf dem Campingplatz. Meine Mutter hatte ein Steilwandzelt gekauft und wir fanden das Leben auf dem quirligen Campingplatz sehr lustig. Wieder genossen wir die Freiheit, ich hatte aufgehört, im Sand Höhlen zu bauen. Stattdessen flirtete ich heftigst mit einem jungen Mann aus Braunschweig, Lothar, 18 Jahre alt.

Wir „gingen" zwei Wochen lang in Hörnum miteinander und ich war sehr verliebt. Wir hielten Händchen, tanzten miteinander, spielten täglich Minigolf, badeten, gingen am Strand spazieren und saßen nachts im Strandkorb. Einmal schlief er bei uns im Zelt, ohne dass meine Mutter es merkte.

Sie schlief und wir machten in der Nachbarkabine lautloses Petting. Mir blieb fast das Herz stehen, so schön war das. Leider wohnte er weit weg und natürlich gingen ein paar Briefe hin und her, auch ein paar Anrufe, aber das reichte nicht, um die Gefühle weiterhin stark zu halten.

Kurz vor meinem 14. Geburtstag, am 22. November 1963 hörte ich auf Radio Luxemburg die Nachricht auf Englisch. Sie erschütterte die ganze Welt: John F. Kennedy wurde ermordet.

Ich hatte schon während der Kubakrise 1962 um unseren Frieden gezittert, hatte die englischen Luxemburg-Nachrichten gehört und ganz viel Angst gehabt. Sehr klar war mir da mit meinen zwölf Jahren, dass die Gefahr eines neuen Weltkrieges ganz nahe war. Mittlerweile weiß man, dass das auch stimmte und wir damals offiziell nichts davon gesagt bekamen.

Ein Atomkrieg wurde nur haarscharf verhindert. Nun war Kennedy tot, der Mann, dem diese Vermittlung im Kuba-Nervenkrieg zu verdanken war. Was würde der Welt jetzt bevorstehen? Wer würde nun der mächtigste Mann der Welt werden?

Ich lag unter meiner Decke im Bett und fühlte die Angst durch meinen Körper kriechen. Die Beerdigung von Kennedy verfolgte ich im Radio. Kurz danach bekamen wir unseren ersten Fernseher. Gekauft hatte ihn meine Tante, er stand oben bei ihr und schon war ich wieder häufiger dort. Auch mit meiner Großmutter ging ich ab und zu noch ins

Kino: 1964 in die Neufassung von „Ein Haus in Montevideo". Die alte schwarz-weiße Fassung hatten wir ja schon in den 50ern gesehen.

Im Februar schwärmte ich in meinem Tagebuch von meinen hellblauen Jeans. Auch die wurden zum Markenzeichen meiner Generation, sicher werden wir darin irgendwann beerdigt. Zu den Klängen fetziger Rockmusik. Oder auch „Qué sera, sera". Bitte nichts Getragenes. Und vor allem keine Klassik.

Auch mit meiner Tante war ich manchmal im Kino: „Tatis Schützenfest" brachte uns so zum Lachen, dass wir kaum Luft bekamen. In der Woche darauf sah ich den Film noch einmal mit Gudy. Ein Glück, denn jetzt waren die „Beatles" in „Fox-Tönende-Wochenschau". Die „Beatlemania" hatte endgültig begonnen.

1964 drehten die Vier aus Liverpool den Film „A Hard Day's Night", der in Deutschland intelligenterweise „Yeah Yeah Yeah" heißt.

Jetzt gerade, 27 Jahre nachdem ein verwirrter Mensch John Lennon erschossen hat, sehe ich den Film einmal wieder. Ich konnte mich noch gut an ihn erinnern. Was ich erst jetzt sah und damals natürlich noch nicht sehen konnte, war, wie weit dieser Film seiner Zeit vorauseilte. Die Beatles drehten ihn mit der damals modernsten Technik, aber auch mit Stilelementen, die erst die Filme der 90er Jahre hervorbrachten: schnelle Kamerafahrten, extreme Großaufnahmen der Jungs, verrissene Schwenks ins Publikum, kreischende weibliche Fans, Anarchie in der Handlung, Nonsens-Dialoge, Tempo und Dynamik, kuriose Bildausschnitte, Zeitlupe und Zeitraffer, manchmal sogar mit der in den 90ern so beliebten wackeligen Handkamera. Eine Handlung, die nicht als irgendwie komische Liebesgeschichte konstruiert war, sondern mit bissigem Humor zwei Tage aus dem Leben der Beatles karikierte. Auf der Flucht vor hysterischen Fans, im Zug, im Studio, mit dem Großvater von Paul, mit alten, spießigen Männern, mit hysterischen Teenagern, auf der Bühne, auf einer kuriosen Pressekonferenz. 12 Hits waren dabei: „A Hard Day's Night", „She Loves You", „Tell Me Why", "I Should Have Known Better", "If I Fell", „Can't Buy Me Love" und viele mehr. Richard Lester hat für uns mit diesem Film den Musik- und Rockfilm neu erfunden. Er war ein befreiendes Ereignis für alle, die ihn gesehen haben.

1964 sah ich auch oft und gerne Eislaufen mit Marika Kilius und Hans-

Jürgen Bäumler, ging mit meiner Mutter nach dem Schwimmen in der „Lessinghalle" ins „Allianzcafé", war also auch noch ab und zu „brave Tochter", so wie man mich gerne haben wollte. Aber abends begann mein Eigenleben, dann hörte ich den „Aktuellen Plattenteller" und die „Musikbox", immer öfter auch DDR: „Hier ist der Deutsche Soldatensender – bumbum – bumbum ...".

Den hörte meine Freundin Ingrid in der DDR auch, wenngleich sie deshalb Schwierigkeiten hätte bekommen können, denn dieser Sender der KPD/DKP war nur für Bundesbürger gedacht.

Wir schrieben uns noch immer oft. Im Soldatensender gab es die beste Musik gleich hinter Radio Luxemburg. Musik bestimmte mein Leben, wurde immer wichtiger für mich.

Diese Musik war Hilfe zum Aufbruch, war Begleitung für Befreiung, war Stoff zum Träumen. Sie war hart und fordernd, weich und verletzlich, wild und jung. Nur wir konnten sie hören, nur wir konnten sie verstehen. Unsere Eltern hatten damit nichts am Hut, sie redeten von „Negermusik". Darüber konnten wir nur lachen und dachten uns: Selber Neger. Ihr werdet uns nie verstehen! Sagen taten wir das natürlich nicht, denn für solche Gedanken gab es regelmäßig Ohrfeigen.

Am Ende der Untertertia blieb ich sitzen: Mathe 6, Latein 5, Physik 5, Musik 5, Schrift 5, Ordnung 5. Da hatte ich meine Quittung schriftlich, wohin freies Leben und offene Rebellion führten. Ich verließ die Ricarda-Huch-Schule und ging auf die Käthe-Kollwitz-Schule. Gleichzeitig fiel die Prügelstrafe weg, die Lehrer mussten plötzlich argumentieren lernen und durften nicht mehr schlagen, nicht mit dem Zeigestock und nicht mit der Hand. Ich kam mir deshalb in der neuen Schule vor, wie im glatten Paradies, denn erst dachte ich, es läge an der Schule. Dann begriff ich aber, dass die Gesetze sich geändert hatten. Ich hatte 1962 bei der Kuba-Krise zum ersten Mal über Politik nachgedacht, jetzt wurde ich langsam ein politischer Mensch.

Im Mai 1964 fuhr ich auch zum ersten Mal durch die „Ostzone" mit Grenze und Stacheldraht nach Berlin, mit meiner Mutter und meiner Tante.

Ich fand die riesige Stadt sehr aufregend und sehr modern, trotz der Mauer und trotz der vielen noch immer vom Krieg zerstörten Häuser, die ich hier wieder mal sah. In Kiel gab es solche schwarzen kaputten Fassaden schon gar nicht mehr, ich hatte sie schon fast vergessen. Der Krieg holte mich doch immer mal wieder ein, mein ganzes Leben lang.

Heiße Bands
und warme Cola: Starpalast

***

1964 war ich zum ersten Mal im Starpalast, man gerade 14 Jahre alt. Das gab einen Haufen Probleme, aber wir haben sie alle gerne gelöst.

Erstes Problem: „Was ziehe ich an, Jeans oder Minirock?"

Zweites Problem: „Wie komme ich rein und wie schaffe ich es, bis etwa ein Uhr zu bleiben, ohne rauszufliegen?" Klappte meistens, bei den Mädchen jedenfalls, die Jungens schafften das natürlich nicht.

Drittes Problem: „Woher nehme ich das Geld für die Cola?" Ohne Getränk bekam man keinen Platz am Tisch. Es war aber die Zeit, in der es eine Mark Taschengeld in der Woche gab. Gut, man konnte sparen, die Woche über, aber das reichte dann gerade mal für den Eintritt. Folglich wurde die Familie angepumpt, vorzugsweise mein Tantchen, die immer Verständnis für meine Geldnöte hatte. Wofür ich es brauchte, erfuhr sie allerdings nicht!

Viertes Problem: „Wie schaffe ich es mit einer Cola den ganzen Abend am Tisch zu bleiben und auch zum Tanzen zu gehen, ohne dass die Kellner das Glas abräumen?" Es wurde manchmal knapp und der Kampf mit den Kellnern war groß, da wurde um jeden Zentimeter Getränk im Glas gekämpft: „Da ist doch noch was drin, also bitte!" Dass die Cola dann warm war und eklig schmeckte, versteht sich von selbst.

Fünftes Problem: „Wie schaffe ich es, gerade mit dem Richtigen zu tanzen, wenn die Beat-Musik aufhört und die leise Schmuse-Musik anfängt?" Da war langsames Tanzen und vorsichtiges Wange-an-Wange angesagt und meistens war es auch der Richtige. Wenn nicht, dann eben ab zum Tisch und Dankeschön.

Sechstes Problem: „Wie komme ich nach Hause?" Die Straßenbahn Linie 4 fuhr um ein Uhr nicht mehr, also ab zu Fuß von Gaarden über die Gablenzbrücke bis zur Feldstraße. Meistens in Begleitung, aber trotzdem ein weiter Weg.

Wenn ich das heute meinen Kindern erzähle, dann sagen die: „Was, so weit seid ihr gelaufen?"

Ich sage: „Ja, und wir wären auch noch viel weiter gelaufen, nur um das mitzuerleben, die Menschen, die Bands, die Musik der 60er Jahre, die Jugendzeit, die Aufbruchstimmung, die Befreiung von den vielen

Vorschriften der Eltern und Lehrer, die flirrende Luft und vor allem die unvergleichliche Stimmung in diesem Laden."

Wenn diese Stimmung heute wieder auflebt, ist Starpalast-Revival-Party, dann sind alle „Alten" da und die Jungen dazu. Wenn dann die gesetzten Damen im Twinset mit Perlenkettchen auf die Tanzfläche stürmen und mit den Herren aus dem höheren Beamtendienst rocken, wenn „Skinny Minny" ertönt und alles sich freut, dann wissen wir: wir haben eine grandiose Zeit miterlebt, von der wir alle heute noch immer wieder zehren können. Wir freuen uns über jedes Starpalast-Revival, denn das ist auch ein Revival unserer Jugendzeit.

Natürlich gab es auch den Starclub, in dem wir auch gerne zu Gast waren. Er lag an der Waldwiese und bot das Gleiche: einen riesigen Saal, wöchentlich wechselnde Bands, die interessantesten Jungen der Stadt und den gleichen Kampf um die Colareste im Glas. Jedes Wochenende war es dort brechend voll.

Wir waren immer häufiger dort. In den Starclub in Hamburg kamen wir natürlich nicht, dafür waren wir dann mit 14 doch zu jung. Das hätte meine Mutter nie erlaubt. Und so mutig, da ohne Erlaubnis hinzufahren, war ich nicht. Ich wäre gerne einmal dort gewesen.

Toni Sheridan rockte das Haus, die Beatles spielten dort und Ray Charles trat auf. Wenn ich heute den Gedenkstein im magischen Areal auf der Großen Freiheit sehe, muss ich grinsen: er erinnert auch an die Zeiten, in denen „The Who" dort spielten.

Die allerdings sind nie im Starclub in Hamburg aufgetreten. Aber alle anderen: Chuck Berry, Bill Haley, Little Richard und Jerry Lee Lewis, alle die Musiker, die wir liebten und lieben und die so waren wie wir: jung, wild, rebellisch und aufsässig. Nur die Stones kamen nie dorthin, die wurden nicht angenommen, obwohl sie sich beworben hatten. Da hatte Geschäftsführer Horst Fascher dann doch Angst vor dem Ordnungsamt, schließlich hatten die Stones seit der Waldbühne in Berlin einen sehr schlechten Ruf. Heute sehe ich manchmal im Fernsehen die Beatsendungen von damals. Was mir immer auffällt: ich wusste meist bis heute nicht, wie die Musiker damals aussahen, Hermans Hermits, The Lords, Manfred Mann, alle die großen Bands. Wir haben deren Musik ja meist vom Plattenteller erlebt, Fernsehen war noch nicht so wichtig, wir hatten Besseres zu tun und wir hatten somit keine Bilder für unsere Musik. Wir interessierten uns meistens mehr für die Texte und die Gefühle, die sie auslösten.

Die kleineren Bands, die nach Kiel kamen, reichten uns völlig. Der Rest kam aus dem Radio und wurde akribisch auf Tonband aufgenommen. Das hatte mir mein Vater zum Geburtstag geschenkt. Natürlich auch von Grundig und natürlich auch mal wieder mit dem pädagogischen Zeigefinger: „Mach' doch selber Musik, das, was du auf Platte hast, ist ja schon konserviert, das brauchste nicht noch mal aufzunehmen!"

Na, hatte der eine Ahnung, was Schallplatten kosteten und wie viele neue Stücke es jede Woche gab. Und sie waren fast alle gut. Der Beweis: die meisten werden heute noch gerne gespielt und das werden sie sicher auch in 300 Jahren noch.

1964 war ein wildes Jahr. Ich aß zum ersten Mal Spaghetti „Mirácoli" mit Tomatensauce, Majoran und Thymian. Mal was ganz anderes nach den vielen Kartoffeln. Mein Aufbruch ließ sich nicht mehr aufhalten, Mutter, Großmutter und Tante konnten mich nicht mehr bremsen. Ich wollte Neues, Freies, Interessantes erleben. Ich war nicht mehr „Vierzehn Jahr und sieben Wochen ist der Backfisch ausgekrochen", brav und sittsam, nein, ich wurde ein flotter, wilder rebellischer Teenager. Mein Vater hatte eine Ausstellung in London und schickte mir aus der Carnaby-Street einen rotblau gemusterten Minirock, der bis zum Himmel reichte und ich stolzierte die Holstenstraße rauf und runter, begeistert über die Blicke, die meine Provokation auslöste: fast jeder drehte sich nach mir um, die Männer sowieso, aber auch die Frauen. Ich sah in allen Blicken Erstaunen, Neid aber auch Bewunderung und sonnte mich in diesem Glanz. Es war wohl der erste Minirock, der in Kiel spazieren geführt wurde. Bei Tchibo gab es meinetwegen einen Auflauf, ich grinste, ging Kaffee trinken und eine rauchen.

Freundinnen erzählen mir, dass meine alte Schule, die Ricarda-Huch-Schule, noch immer Schulfeste ohne Jungen machte. Als ob wir noch im letzten Jahrhundert stehen geblieben wären, ich konnte das kaum glauben. Die Schere zwischen dem wirklichen Leben und der Schule ging immer weiter auseinander.

Meine jetzige Schule, die Käthe-Kollwitz-Schule, feierte im Eichhof mit den Jungs von der Max-Plack-Schule. Wie in der Tanzschule: rechts an der Wand die Mädchen und links an der Wand die Jungs. Wenn die uns aufforderten, mussten sie einmal quer durch den Saal, unter allen spöttischen Blicken sich verbeugen und wenn die „Dame" dann nein sagte, mit roten Ohren zurück auf ihren Platz.

Mir haben sie immer so Leid getan, ich habe mit jedem getanzt, der mich aufforderte. Aber wir hatten sie wenigstens dabei, die Jungs.

Ich kaufte mal wieder eine Platte, die musste ich haben, die konnte ich nicht vom Band hören: „Greenfields". Ich ging nach Hause und hörte sie zum ersten Mal. Danach noch weitere 90 Mal, bis ich den Text auswendig konnte.

Ich weiß nicht, wie meine Mutter das ausgehalten hat, ich denke, wahrscheinlich hat sie die Tür zu gemacht. Am Wochenende im Juni fuhr ich zum ersten Mal nach Strande, meinem heutigen Lebensmittelpunkt und Wohnort.

Die Sommerferien verbrachte ich wie immer auf Sylt, in Hörnum. Was mich in diesen Ferien beeindruckte: ich aß meine ersten Pommes Frites und konnte wie immer gar nicht mehr damit aufhören. Nun holte ich sie mir abends täglich, mit viel Mayonnaise drauf, ich war immer noch dünn wie ein Mannequin und ließ es mir schmecken.

Im Herbst 1964 fing ich ein neues Hobby an: reiten. Fortan war ich aus den Reitställen der Umgebung nicht mehr wegzukriegen: Norder, Rossgarten, Waldesruh mit seinen Reiterbällen und Faschingsfesten, es machte mir irrsinnig viel Spaß. Meine Freundin Gudy und Renate aus meiner neuen Schule waren mit von der Partie, wir haben viel erlebt in dieser Zeit. Wenn ich bei Renate in der Feldstraße 71 war, flirteten wir heftig mit Georg von Rauch, der gegenüber wohnte.

Später landete er vermutlich bei der Bader-Meinhof-Gruppe und starb mit 24.

Zum Geburtstag bekam ich von meinen Freunden nur Platten: „The House Of The Rising Sun", „Memphis Tennessee", „Pretty Woman", „Stomp", "GTO", „Sha-La-La" und „Till The Following Night".

Zu Weihnachten bekam ich einen Hund, den Cocker-Spaniel „Blacky" und einen ebenso schwarzen „Gammlermantel" mit der Kapuze und den typischen Lederschlaufen zum Knöpfen. Da hatte ich ja wieder was zum „Gammeln" in der Holstenstraße, rauf und runter und nach den Jungs gucken. Na und mit dem Hund war es ein Leichtes, Bekanntschaften zu machen. „Ach, ist der süß!!"

Na ja, und so ausgestattet – mit Minirock, Gammlermantel und Hund – lernte ich dann im März 1965 auch meinen ersten festen Freund kennen. Beim „Gammeln" in der Holstenstraße.

Er hieß Ebi, war schon 21, trug auch, wie ich, einen Gammlermantel, rauchte „Players" und war Student der Werbegrafik an der Muthesius-Schule.

Ich wurde in diesem Jahr konfirmiert und war zum ersten Mal im „Lollipop", einem Tanzlokal in der Holtenauer Straße. Nun hatte ich neben Starpalast und Starclub eine dritte Adresse zum Tanzen, das gefiel mir. Und nun hatte ich auch einen festen Tänzer, das gefiel mir auch. Wir ließen uns viel Zeit mit dem Verlieben, er war sehr schüchtern und es dauerte bis Mai, bis er mich zum ersten Mal küsste.

Nun begann für mich eine ganz neue Zeit: bisher waren Männer für mich entweder nicht da, wie mein Vater oder schwul wie der Freund meiner Mutter oder tot wie mein Onkel und mein Großvater. So etwas ganz Normales kannte ich gar nicht.

Und so begann ich, mich auf diesen Mann einzustellen wie auf keinen anderen in meinem bisherigen Leben. Zum ersten Mal hielt das Verliebtsein an, zum ersten Mal hatte ich den Wunsch, es wäre für „immer" und zum ersten Mal interessierten mich andere Männer und andere Jungen überhaupt nicht mehr. Wir blieben vier Jahre zusammen.

In diesen vier Jahren dachte ich nicht mehr so viel über dunkle Bilder nach, über zerbombte Häuser und schwarz verrußte Mauern, über Kriege und andere Gefahren in dieser Welt. Ich fand eine Zeit lang bei diesem Mann die Geborgenheit, die ich immer gesucht hatte. Langsam verblassten die schwarzen Gedanken und ich erfreute mich am Leben.

Doch tief in meiner Seele blieb die Wunde, die der Krieg mir gerissen hatte. Auch wenn ich ihn nicht selber erlebt hatte, ich habe die Folgen gesehen und Ängste meiner drei Frauen ein Leben lang gespürt. Das hat auch mich im Grunde meines Herzens ängstlich gemacht, eine ganz tief innen sitzende Ängstlichkeit, die ich fast immer verberge. Die ich hinter Fröhlichkeit verstecke und Geist, hinter Nachdenklichkeit und flotten Sprüchen. Die ich immer durch besonders mutige Taten in den Hintergrund schiebe. Die aber trotzdem mein ständiger Begleiter ist.

Bob Dylan: „The Times They Are A-Changin' "

***

„The Times They Are A-Changin' " - oder wie der alte Lateiner sagte, „Tempores mutant". Also so neu sicher nicht, aber für jede Generation wieder ein Erlebnis. Und meine Generation hat einen gewaltigen Wechsel erlebt, wir haben die Generation der älteren angesehen, die zum Teil stramme Nazis waren und zum Teil BDM-Mädchen oder stille Mitläufer und wussten genau: „So wie die sind, so wollen wir nicht werden, auf gar keinen Fall!"

Die wilden Sechziger brachten genau diesen Aufbruch, dieses Sich abgrenzen, dieses zum Teil schmerzhafte Reflektieren, dieses ungestüme Vorwärtsstürmen. Und vor allem, diesen gesellschaftlichen Umbruch.

Ich gehöre zu einer Generation von Frauen, denen es noch eine Zeitlang im Leben verboten war, in der Schule lange Hosen zu tragen, oder enge Pullover.

Ich durfte bis 1963 nicht mit lackierten Fingernägeln in die Schule kommen und nicht mit Pfennigabsätzen.

Wir kamen von den zuchtvollen Lebensformen der 50er Jahre und dem verstaubten Denken dieser Zeit mit großem Schwung in die 60er und da hatten sich die alten Klischees und Rollenbilder plötzlich überholt. Wir erlebten Wirtschaftswunder und Babyboom, wir erlebten aber auch, dass die Schule mit diesen Entwicklungen in keiner Weise mitkam.

Zuhause wurden die Diskussionen ebenfalls immer problematischer, gab es doch seit 1964 den neuen Freund meiner Mutter, Heinrich. Mit der Polizei stand er mir vor der Landesregierung bei den Demos mit seinem Schlagstock gegenüber. Das belebte die Gespräche am Abendbrottisch ganz gewaltig.

Und in der Schule? Linke oder liberale Lehrer: Fehlanzeige. Erziehung zum braven Untertanen? Schon eher. Unbequeme Schüler? Unerwünscht. Einmal durften wir 1968 die Debatte über die Notstandsgesetze in der Aula verfolgen. Das fanden unsere Lehrer schon sehr fortschrittlich. Doch ich hatte noch viele andere Wünsche. Gerne hätte ich im Englisch-Unterricht die Texte bearbeitet: 1965 „Help me if you can I'm feeling down" von John Lennon, 1966 „Michelle", 1968

„You say you want a revolution, well you know, we all want to change the world" von John Lennon.

Gerne hätte ich in Gegenwartskunde über Dahrendorf diskutiert oder über Rainer Langhans und die Kommune 1, in Erdkunde über Che Guevara und Bolivien, in Französisch über meine LP „Chansons Pour La Liberté". Oder über die Stones und ihr „Mothers Little Helper". 1969 verwüsteten die Amerikaner gerade Vietnam, als John Lennon sang: „Give Peace A Chance". Auch darüber redeten die Lehrer nicht viel.

1970 haben wir Abitur gemacht. 1970 war auch meine Beziehung zu meinem Freund zu Ende, wir hatten uns auseinander gelebt. 1970 lernte ich danach meinen späteren Ehemann Jörg kennen. Und 1970 war das Jahr mit dem Ende der Beatles: „Let It Be" sangen sie und verabschiedeten sich am 10. April 1970 als die „fab four". Für uns war es nicht nur das Ende unserer Teenagerzeit, sondern auch das Ende einer Ära.

Die Zeit der wilden Live-Musik-Auftritte war vorbei, aus dem Starpalast hörte man nichts mehr, bis er geschlossen wurde und es begann die Zeit der Diskotheken. Ambassador-Club und so was. Alles aus der Konserve, alles nicht mehr live und direkt sondern vorgefertigt und ohne Ecken und Kanten.

Nach 1971 durften dann auch die Ehemänner nicht mehr die Arbeitsverträge ihrer Frauen kündigen, wenn sie meinten, dass die Familie unter der Berufstätigkeit der Ehefrau leidet. Und erst nach 1980, also noch mal 10 Jahre später, waren wir Frauen dann endlich soweit, unsere erziehungsbedingten, trotz aller Rebellion tief in uns sitzenden Hemmungen so weit abzulegen, dass wir unseren Männern sagen konnten, wie wir am Besten zum Orgasmus kommen.

Über die Autorin

Gabriele Schreib, Jahrgang 1949, ist Politologin, Redakteurin und Autorin.

Sie hat drei erwachsene Kinder und lebt seit 1971 in Strande bei Kiel in ihrem Haus an der Ostsee. Sie machte ihr Abitur 1970 auf der Käthe-Kollwitz-Schule in Kiel.

Dann hat sie Politik studiert, mit den Nebenfächern Soziologie und Kunstgeschichte.

Die schon 1971 geschlossene Ehe nach 13 Jahren beendet.

Angefangen als Redakteurin zu arbeiten. Dann ein zweites Standbein aufgebaut, als Dozentin in der Erwachsenenbildung.

Einen spanischen Partner kennen gelernt. In der Zeit 1985 - 1989 mit ihm drei Kinder bekommen. Sie hat immer weitergearbeitet.

Dann wurde der Bildungssektor problematisch, sie stieg mal wieder um. 1996 die Trennung vom Vater der drei Kinder.

Die Zeit der hochkarätigen Führungsjobs begann. Mit Europaprojekten beschäftigt und mit Bildungsplanung als Frauenbeauftragte, im Qualitätsmanagement, als Pressereferentin.

Mit 50 Jahren Leitung der Presse- und Öffentlichkeitsarbeit bei der Kieler Beschäftigungs- und Ausbildungsgesellschaft KIBA GmbH. Eine sehr vielfältige Tätigkeit, Pressearbeit für die oft jugendlichen Sozialhilfeempfänger, solide und interessant.

Leider wurde die Firma geschlossen wegen Zusammenlegung von Sozialhilfe und Arbeitslosenhilfe und allen wurde peu à peu gekündigt. Wer über 50 war, bekam nichts Neues. Seitdem hat sie wieder einmal umgesattelt und arbeitet jetzt als freie Redakteurin und Autorin.

Veröffentlichungen:

- **„Die Illusion von Öffentlichkeit und öffentlicher Meinung"** in: „Ausdauer, Geduld und Ruhe", Fragen zur Tönnies-Forschung von Prof. Dr. Lars Clausen und Dr. Carsten Schlüter (Hrg.), Hamburg, 1991.

- **„Die Psychose unserer Zeit – Jenseits der Demokratie lauert der Wahn"** in: „Der Wille zur Demokratie – Traditionslinien und Perspektiven" von Dr. Uwe Carstens und Dr. Carsten Schlüter-Knauer (Hrg.), Berlin, 1998.

- **Frankfurter Bibliothek des zeitgenössischen Gedichts 2008**, Brentano-Gesellschaft Frankfurt am Main, 2008.